TAKE
SHOBO

日陰者の王女ですが
皇帝陛下に略奪溺愛されてます

芹名りせ

Illustration
坂本あきら

JN170866

蜜猫
MitsuNeko

日陰者の王女ですが皇帝陛下に略奪溺愛されてます

contents

イラスト／坂本あきら

日陰者の王女ですが皇帝陛下に略奪溺愛されてます

第一章

ロズモンド王国のアーシェリー城の別館。木々に囲まれた石造りの塔の最上階では、小柄な娘が一人、窓辺に佇《たたず》んでいた。

上部が半円形になった縦長の窓の半分ほどまでしか身長がなく、一見すると少女のようにも見えるが、思いつめたような横顔と、簡素なドレス越しにもわかる凹凸のはっきりした身体つきは、成人女性のそれだ。

華奢《きやしや》な肩から細くくびれた腰までを覆う長い髪は、輝くような黄金色で、岩肌が剥《む》き出《だ》しになった壁のせいで薄暗い室内に、まるでそこだけ光が射《さ》しこんだかのような印象を与える。

憂いを帯びた瞳は、朝焼けの紫色。薄紅色の唇も、陶器を思わせる白肌も、実に愛らしく美しいのに、その容貌は顔の前にまで垂らした髪のせいでほぼ見えない。

カラーンカラーンと低い鐘の音が遠く窓の外から聞こえ、固く両手を握りあわせていた娘は、ふわりと黄金色の髪を揺らし、深く頭を垂れた。

「女神ラディナ。どうかお兄様を……そして共に戦いの地に赴いた騎士たちを、お守りください……」

まるで礼拝堂で神の像の前にひざまずいているかのように、熱心な祈りの言葉を捧《ささ》げているが、決してそうではない。彼女がいるのは、中央に寝台が置かれたこぢんまりとした部屋だ。

家具は豪華だが壁は石で、華美な装飾が施されているわけでもなく、さほど広くもない。机やテーブルや椅子など、生活に必要なものは一通り揃《そろ》っているが、特に神像のようなものはなかった。

その窓辺で、窓枠が太い頑丈そうな窓に向かい、ただ真摯な祈りをくり返している。

「どうかお願いします……」

実際、窓の外には広大な庭園を間に挟み、高い木々の向こうに、四つの尖塔《せんとう》を有した急勾配な切妻屋根の、礼拝堂らしき建物が見えた。

しかし彼女はあの場所まで行くことができない。できるのは遠く離れたこの部屋から、鐘の音にあわせて祈りを捧げることだけだ。

「どうか……」

何度目になるかしれない懇願を口にした時、その部屋にたった一つだけある扉の向こうから、ガタガタッと物音がした。

娘ははっとしたように、長い髪を翻してそちらをふり返る。

「何……？」

零《こぼ》れ落《お》ちんばかりに大きな瞳には、怯《おび》えの色が濃かった。

「誰？　……ルイーズ？」

身の回りの世話をしてくれる侍女の名前を口にしてみたが、そうでないことはわかっている。

一日三度の食事と、朝夕の身支度の時以外で、ルイーズがこの部屋へやってくることはない。

それは二人を必要以上に接触させないためで、それ以外の者となれば、残るはただ一人しかいない——。

「……お兄様？」

彼女をこの部屋に住まわせている人物——兄のラークフェルドを、いぶかしげな表情で呼んだ。

一昨年に亡くなった父から国王の地位を継いだ兄は、国境近くで起こった隣国との小競りあいの鎮圧のため、現在、自ら騎士団を率いて出征している。その無事を祈り、日夜祈りを捧げているのだから、兄がこの王宮にいるはずがないとは彼女にもわかっている。

しかし兄とルイーズ以外、宮殿の本館から遠く離れたこの塔まで、わざわざやってくる者はいない。

慣れない状況に慄《おのの》き、娘は息を呑んで扉を見つめる。ギーッと軋《きし》む音が響き、重厚な扉がわずかに開いた。

「あ……」

扉の隙間から見えた淡い水色の瞳に、本当に兄が戻ったのかと一瞬駆け寄りかけたが、すぐにそれをやめた。開ききった扉から姿を現したのは兄ではなく、その母のイヴォンヌ王太后《おうたいごう》だった。

「王太后様！」

急いで床にひざまずき、娘は深々と頭を垂れる。その頭上に、冷ややかな声が降ってくる。

「久しぶりですね、ユーフィリア……あいかわらずだらしのない格好だこと……」

「あ……」

腰まである長い髪を編んでも結ってもおらず、顔を隠すように前にも垂らしていることを言われていると悟り、ユーフィリアと呼ばれた娘は身を縮めた。

「申し訳ありません」

それは彼女の意志ではなく、兄のラークフェルドから強いられている格好なのだが、弁解はできない。ユーフィリアがラークフェルドの話をすることを、イヴォンヌ王太后は極端に嫌がる。下手に口答えして機嫌を損ね、その後、また違ったことを責められるよりは、自分の落度として対応しておくほうがよほどましだった。

「今後、気をつけます……」

「どうせ誰に顧みられることもないし、どうでもいいと不精しているのでしょうけど……いかにもあの女の娘ですね。みっともない……」

（……………！）

自分に対する侮蔑の言葉は甘んじて受けても、母のことに言及されると、胸の奥でざらつく感情がある。しかしそれを表には出さないよう、強くこぶしを握りしめることでユーフィリアはこらえる。

「申し訳ありません……」

父の愛妾《あいしょう》であった母とその娘の自分を、正妃だった王太后が憎悪していることは昔からよくわかっていた。何を言われても反駁《はんばく》することなくやり過ごすことが一番だと、これまでの経験から覚悟を固めていたが、話の行く先が少しおかしい。

「その格好では表に出すのも恥ずかしいばかりですが……仕方がない。どうにか磨くしかありません」

「磨く……？」

思いがけない言葉に顔を上げたユーフィリアを、イヴォンヌ王太后は鋭く睨《にら》んだ。

「そうです。身なりを整えて、これからあなたにやってもらわなければならないことがあります。これまでラークフェルドに庇護《ひご》されて、この塔でぬくぬくと暮らしてきたのですから……その窮地に恩に報いるのは当然です」

庇護されてというのはユーフィリアの現状を的確に言い表している言葉ではないが、わざわざそう指摘して、王太后の機嫌を損ねる必要はない。ましてや今、聞き捨てならないことを耳にした。ユーフィリアは大きく瞳を見開く。

「お兄様が窮地……？　いったいどうなさったのですか！」

いつになく声を張ったユーフィリアを、イヴォンヌ王太后は苦々しげな表情で見下ろした。

「誰が兄ですか！　あの子とお前に血縁関係などない！　今すぐ取り消しなさい！」

現状もっとも大切なのは、ユーフィリアがラークフェルドをなんと呼んでいるのかなどではないはずだが、そう告げてもますます王太后を怒らせるだけなので、すかさず謝罪する。

「申し訳ありません……国王陛下がどうかなさったのですか？」

王太后はまだ怒りを残した表情をしながらも、ユーフィリアの問いには答えを返した。

「戦地から戻ったのですが、負傷しています。だから王が自ら赴く必要などないと、あれほど言ったのに……………幸いヴィスタリア帝国の皇帝も自ら出陣しており、紛争の原因となった地域の所有権や、両国間での今後の取り決めなど、今なら交渉に応じてもいいと言っています。蛮国の王が偉そうに……！　先王が存命の時であったなら、今回のような侵攻だって起ることはなかったのに、こちらの隙につけこんでっ……！　ともかく、体調のよくないラークフェルドに無理はさせられません……仕方がないので王妹として、あなたが交渉の場に出なさい」

「え？　……でも……！」

思いがけない命令に、ユーフィリアは宝石のような瞳を瞬かせた。

父が国王であった頃は、確かにユーフィリアはロズモンド王国の王女として暮らしていた。

今のように、外界からほぼ隔離された別館の塔ではなく、宮殿の本館に広い部屋があり、傍付《そばづ》きの使用人も何人もいた。

しかしそれが不当だったと——実はユーフィリアは国王の娘ではなく、愛妾のエリーゼが不貞の末に生んだ娘だと、父の死と同時に王女の座を剥奪したのは、他ならぬイヴォンヌ王太后だ。

それなのに現国王であるラークフェルドの妹として、大切な交渉の場に出ろと突然命じられても、ユーフィリアには不安しかない。

「でも私には、政治的なことは何も……」

かつて王女として過ごしていた頃に施された教育をどうにか思い返し、わずかに得た国家間の関係や大陸の情勢などに関する簡単な知識で、果たしてこの国の代表として交渉の場に出られるものなのかと、ユーフィリアは狼狽《ろうばい》する。

その姿を見下ろし、王太后は侮蔑交じりの息を吐いた。

「何をかん違いしているのです。もちろん、あなたに王国の行く末を任せることなどありません。あくまでもラークフェルドの代わり……王族の一人として、交渉の場にいてもらうだけです。何をするかわからない蛮国相手なのだから、いっそあなた程度でふさわしい……！　出された条件を精査して実際に交渉をおこなうのは、優秀な廷臣たちです。あなたはせいぜいそのみっともない姿をどうにかすることにでも心を砕きなさい。せめて王国の恥にならないよう

「……いいですね？」

やはり自分には、正当な王女としての働きなど求められていないのだと気落ちする思いはあったが、王太后からの命令にユーフィリアが逆らえるはずもない。

「わかりました」

恭《うやうや》しげに頭を下げると、王太后の後ろに従っていた騎士たちが目の前に歩み寄り、ユーフィリアを引き立たせた。

「それでは宮殿へ戻って準備をしましょう。こんな所では、着替えるための場所も道具も人手もない」

蔑むような王太后の言葉にも、その場所で自分はもう二年も暮らしているのだという訴えは呑みこんだ。そっと唇を噛みしめ、まるで罪人のように騎士たちに両脇を固められて、ユーフィリアは高い塔の最上階にあるその部屋を出た。

ロズモンド王国の先王――ジェラルド二世の娘として、ユーフィリアがこの世に生を受けたのは十八年前のことだ。しかし当初より、本当に国王の娘なのかを疑う声は大きかった。

母のエリーゼは出自こそ由緒正しき伯爵家だったものの、若い頃から多くの貴公子と恋の噂《うわさ》が絶えない女性だった。見た目の美しさもさることながら、人を惹《ひ》きつける魅力に溢《あふ》れた人物で、何度も結婚をくり返し、最終的に落ち着いたのが国王の愛妾という地位だ。

当然、正妃であるイヴォンヌには、蛇蝎《だかつ》のごとく目の敵にされた。

産後しばらくして亡くなったが、残されたユーフィリアはその忘れ形見として、国王に溺愛されて育った。しかしその境遇も王女という地位も、父の死と共に剥奪《はくだつ》された。

王宮からも追い出されそうになったところに救いの手を差し伸べてくれたのが、新王となった兄のラークフェルドだ。宮殿の本館ではなく別館の塔に住まわせ、外界から完全に隔離することを条件に、城に留《とど》める約束を王太后に取りつけてくれた。

その行為も、「あの女の娘が私の息子をたぶらかして……」と王太后の憎悪をますます大きくする結果に繋《つな》がったが、実際はそうではない。

子供の頃は屈託なく優しく接してくれていた兄だったが、父の死後、ユーフィリアを見る冷たい目には、時々ぞっとすることがある。

人と会うことを制限され、塔から出ることを禁じられ、服装や髪形や一日の行動まですべて兄に支配される日々は、ユーフィリアにとって決して快適とは言いがたかった。


「へえ……なかなか見られるようになったではありませんか」

宮殿の一室に連れていかれ、十人ほどの侍女たちにぐるりと周囲を取り囲まれて、ユーフィリアは服装と髪形を整えられ、この二年間一度もしたことのなかった化粧を施された。

準備が整ったユーフィリアと向きあった王太后は、その姿を頭のてっぺんからつま先まで検分しながら褒めるような言葉を口にしたものの、目はまったく笑っていない。

兄とよく似た水色の瞳には侮蔑の色が濃く、ユーフィリアはその視線から逃げるように、姿見に映る自分の姿を見続けるしかなかった。

（これが……私……？）

驚く気持ちも大きい。いつも顔を隠すように垂らしていた前髪はすっきりと上げられ、長い後ろ髪と共にところどころにリボンを交え、優美に編まれていた。薄紅色の唇に紅を刷《は》き、肌の白さと宝石のような瞳の美しさがいっそう際立つ。

長い間袖を通したことのなかった豪華なドレスに身を包み、どこから見ても深窓の姫君にしか見えない女性が、鏡の中には立っている。

「これなら交渉の条件も、優位に進めることができるかもしれません……さ、行きますよ」

「はい」

王太后に促され、ユーフィリアが支度部屋を出ようとした時、扉が突然、廊下側から開かれた。

「お待ちください、陛下！」

「無理をされてはお身体が！」

「うるさい！　黙れ！」

狼狽する侍従たちの声をふり切るようにして、部屋の中へ倒れこみながら入ってきた人物の姿に、ユーフィリアは息を呑む。

「お……陛下？」

王太后の手前、兄と呼ぶことはできずにその敬称を口にしたが、その声が、白金色の髪をふり乱して普段の分別をすっかり失っているふうのラークフェルドから、さらに冷静さを奪った。

「ユーフィリア！　お前……いったい誰の許可を得てここにいる？　なんだ、その格好は！　塔を出ていいと、誰が言った！」

地を這《は》うような低い声で次々と問いかけられ、氷のように冷たい眼差しを向けられ、ユーフィリアは身体が竦《すく》むのを感じる。しかし部屋に入ると同時に体勢を崩し、倒れかけたラークフェルドを放ってはおけない。

急いで駆け寄りその肩を支えたことで、今度は背後から叱責の声が飛んだ。

「ラークフェルドから離れなさい！　この売女《ばいた》！」

悲鳴のような声を上げたのはイヴォンヌ王太后で、ユーフィリアは言われるままに兄から離れるしかなかった。

侍従たちに支えられて身体を起こしたラークフェルドは、王太后に苦々しげな表情を向ける。

「母上ですか？　ユーフィリアを部屋から出したのは……」

肩で大きな息をくり返している息子の姿を、痛ましげに見ていた王太后は、その表情をすっと厳しくした。

「そうです。これからヴィスタリア帝国との交渉の場に出てもらいます」

「それは私が！　うっ……」

大きな声で名乗りを上げたラークフェルドは、その途中で苦しげな声を発して身体を折り曲げてしまう。素肌に上着を羽織っただけの脇腹あたりに、血のにじんだ布が幾重にも巻かれている様子が見え、ユーフィリアも気が気ではない。

（お兄様……！）

おそらくその場所に、怪我《けが》を負っているのだろう。大きな声で叫ぶことも、無理に動くことも、今は慎んだほうがいいとユーフィリアでもわかるのに、そういったことにラークフェルドはまったく頓着していない。ユーフィリアが自分の許可もなく塔を出たことに激昂《げっこう》し、すっかり己を見失ってしまっている。

「申し訳ありません……交渉が終わったら、私はすぐに部屋へ帰ります」

それがどれだけの抑止になるかはわからないが、自分にできるせいいっぱいのことをユーフィリアは口にした。しかしラークフェルドの怒りは治まらない。

「そもそもお前が行く必要はない！　すぐに部屋へ帰れ！」

「いいえ！　今すぐ交渉の場へ向かいなさい！」

塔の最上階にある部屋へ帰ることを強いるラークフェルドと、交渉の場へ行くことを促す王太后の間で、ユーフィリアは板挟みの状態だった。

どちらも自分の本意ではないが、この国のために今できることがあるのならばと、わずかに残っている王女としての矜持《きょうじ》を胸に、口を開く。

「役目を果たしたら部屋へ帰ります。本当に申し訳ありません……陛下」

深々と頭を下げながらラークフェルドの隣をすり抜けると、追随してきた王太后が嬉しげな声を発した。

「それでこそ、情けをかけて王宮に置いてやった意味もあるというものです」

「ユーフィリア！」

制止しようとする兄の声には耳を塞ぐような思いで、ユーフィリアは支度部屋を駆け出た。


交渉の場となる謁見の間の前に着くと、イヴォンヌ王太后はユーフィリアを置き去りに踵《きびす》を返した。

「首尾よくやるのですよ。向こうの機嫌を損ねて、交渉が我が国にとって不利なほうへ進んだら、すべてあなたのせいですからね」

自ら交渉する権限は与えられていないのに、失敗した時の責任だけは取らされる。不条理さを感じながらも、ユーフィリアは頷《うなず》く。

「はい……」

重厚な両手開きの扉に向き直った姿を確認し、その場を離れていった王太后は、嘲るような笑みさえ浮かべていた。それでもユーフィリアは唇を引き結び、その命令に従う。

「ユーフィリア・コンティーヌ・ロズモンド。入ります」

二年ぶりに名乗ることを許された、父から与えられた正式な名前を口にし、厳《おごそ》かに開かれた扉の向こうへ一歩を踏み出すと、部屋にいた人々の視線が一斉にユーフィリアへと集まった。

「…………」

無理もない。濃茶の象嵌《ぞうがん》天板の円卓をぐるりと囲んで座っていたのは、父王の側近として仕えていた老臣たちばかりで、自分がどれほど場違いな場所へ踏みこんでしまったのかは、ユーフィリアにも痛いほどにわかる。それでも前へ進むしかない。

窓を背にした上座の席に座ればいいのかと、俯《うつむ》けていた視線をちらりと上げて確認した時、目線も足も、思わず止まってしまった。

（え……？）

金装飾が施された背もたれの高い椅子は、確かに一席だけ空いている。そこにユーフィリアが座ることにまちがいはないのだろうが、その隣に座る人物に視線が釘《くぎ》づけになり、これから何をしなければならないのか、どうして自分はここにいるのかなどが、一瞬頭から吹き飛んだ。

「あ……」

息さえ止めて見つめる先には、いかにも屈強そうな大きな身体の男が座っている。

宮殿の中にあって、身に着けているのが黒を基調とした騎士服なので、戦いを生業《なりわい》とする人物なのだということは一目でわかる。しかしその騎士服は、ロズモンド王国のものではない。

ヴィスタリア帝国との国境地域で起きた小競りあいに関しての交渉の場なので、そこにいるのは帝国の皇帝に違いないのだろうが、それがどういう人物なのか、ユーフィリアはまったく情報を与えられていなかった。

（こんなに若い方なの……？）

広い国土と強大な軍事力を背景に、近年急速に力をつけてきているヴィスタリア帝国は、もとは農耕を主産業とした騎馬民族だ。そのため古い歴史を誇る周辺国からは、蛮国と称して蔑まれることも多い。

イヴォンヌ王太后はその最たるもので、口にするのもおぞましいとばかりに、帝国の皇帝に関する話は一切してくれなかった。以前、王女としての教育の中で教えられた時は、確か父王と同じ世代の皇帝だったはずなのにと、ユーフィリアは驚きを隠せない。

「そんなところに突っ立って何をしている？　早く座ったらどうだ……お姫様？」

深い響きのある声で呼びかけられ、ユーフィリアははっとする思いで、正面の席に座る男の顔を見直した。

年の頃は二十代半ば。精悍《せいかん》な顔つきの堂々とした美丈夫だ。艶《つや》やかな黒髪は首の後ろの部分だけが長く、あとは顔にかからない程度に短い。高い鼻に引き締まった口もと。きりりとした表情は、いかにも騎士らしい猛々《たけだけ》しさを感じさせる。中でも赤みが強い濃茶色の鋭い目が印象的で、見つめられるとそれだけで身体の自由が利かなくなるような錯覚に陥る。

「あ、はい……」

懸命に足を動かして隣の席まで移動したが、並んで座るとその迫力はさらに増した。小柄なユーフィリアは頭上から見下ろされる格好になり、頭にその視線を感じるだけで、どういう条件を提示されても、もう疑問の声を上げられなくなりそうだ。

（どうしよう……）

どきどきと落ち着かない胸の音に焦りを覚えていると、ふいに話しかけられた。

「国王ではなくその妹姫が交渉に来ると言われたので、どんな女豹《めひょう》が来るのかと身構えていたが、逆に意表を突かれたな……歳はいくつだ？　姫」

「え？」

異国の宮殿で周囲を他国の廷臣たちに囲まれ、帝国側の人間は本人一人きり――本来ならばおおいに警戒し、いつでも剣を抜けるような状態で臨《のぞ》んでも当然であるのに、その声音からは気負いのようなものはいっさい感じられない。それどころか余裕さえうかがわれ、ユーフィリアは俯けていた視線を上げる。

「…………！」

思っていたよりもすぐ近くから視線を注がれており、びくりと身体が跳ねた。しかし見つめるうちに、自然と恐怖は和らぐ。

（あ……）

身体ごとユーフィリアのほうへ向き直り、円卓に肘をついて頬杖《ほおづえ》する姿に、親しみやすさを感じたせいかもしれない。まるで二人以外の人間はその部屋にいないかのように、皇帝は完全にユーフィリアのほうを向いてしまっている。

「あの……」

廷臣たちが苦々しげにその姿を見ている様子はユーフィリアにもわかるが、自分の役目は少しでも有利な条件で交渉を進めることだ。目の前にいる人物の機嫌を損ねないことこそが使命だと、質問に素直に答える。

「十八です。皇帝陛下」

切れ長の瞳を見開き、男は大きく表情を崩した。

「十八？　嘘《うそ》だろう？」

あまりにも驚いた声で聴き返されたので、ユーフィリアはもう一度くり返す。

「本当です。十八です。兄とは五つ違いになります」

実は先王の娘ではないかもしれないと生まれた直後から噂されているが、それが交渉に不利に働くといけないので、兄と兄妹であることを特に強調しておく。

しかしそれはその男にとってあまり重大な情報ではなかったらしく、関係のない言葉が返ってきた。

「女は怖いな……いや、悪い。もっと幼く見えただけだ……だがよく見れば……確かにそのぐらいの年齢かもしれない」

細い首筋から鎖骨がくっきりと浮かんだ首もと、その下の胸の膨らみにまでちらりと目を向けられ、ユーフィリアは穴があったら入りたいほど恥ずかしかった。

「…………！」

胸もとが大きく開いたドレスは、確かに胸の膨らみを強調したデザインだ。普段そういった格好をすることはなく、首まで覆うようなドレスばかり着ているユーフィリアにとって、それを着て人前に出ることさえ恥ずかしかったのに、初対面の相手に無遠慮に視線を向けられ、今すぐ消えてしまいたい心境になる。

「あの、皇帝陛下……」

顔を見るのも恥ずかしく、俯いて口を開くと、思いがけない返答があった。

「その呼び方はやめてくれ。むず痒《がゆ》くてたまらない……アルヴァスでいい」

「アルヴァス様……？」

「様もいらない」

「ですが……」

異国の皇帝に対して、さすがにそれは気安すぎるのではないかと、ユーフィリアは躊躇《ちゅうちょ》する。

その姿に、はあっと大きなため息を吐き、アルヴァスと名乗った男が正面に向き直った気配がした。

「じゃあアルヴァス様でもいい。とにかく『皇帝陛下』はなしだ。いいな、お姫様？」

彼と同じように、ユーフィリア自身も自分の呼び名には違和感があるのだが、ここはひとまず頷いておく。

「……はい」

おそるおそる顔を上げてみると、アルヴァスはテーブルの上に肘をつき、両手を組みあわせてその上に顎を乗せたところだった。

「それじゃあ面子が揃ったところで、さっそく交渉といこう。俺のほうからの希望は、モルフォン地方の統治権と、そこを通る荷物に全て税を課し、それを帝国が徴収する権利だ」

「そんな！　あの地方は我が国の外交と貿易の要で……」

「そんな要求、受け入れられるはずがない！」

廷臣たちが顔色を変えて反論する理由は、ユーフィリアにもうっすらとわかる。

ヴィスタリア帝国に隣接するモルフォン地方は、ロズモンド王国の中でももっとも大きな街道が縦断する地域だ。西の国と行き来する物や人が必ず通過する場所であり、その統治権を奪われたり、通行税の徴収権を帝国に与えたりすれば、王国は国力をかなり削《そ》がれることになる。

「できればもっと他の条件で……」

「海沿いの地域の通行権などどうです？　海のない帝国にとって、悪い話ではないでしょう？」

廷臣たちの必死の提案にも、アルヴァスは首を縦に振らない。熱心に働きかけられても、悠然とした態度で迎え討つ。

「いや、それ以外の希望はない。それさえ呑めばこの国は、いつ帝国が攻めてくるかもしれない恐怖から、しばらくの間は逃れられる」

「そんな……！」

それは裏を返せば、その条件を呑まない限り、いつ帝国が国境を越えて攻め入ってくるかわからないぞという脅しだ。

廷臣たちと共に、ユーフィリアも顔色をなくす。

「あの……アルヴァス様！」

「ん？」

呼びかけに従って視線を向けられたが、なんと言っていいのかわからない。

「あの……」

自国の窮地をどうにかしたい一心から、夢中で呼びかけてしまったことをユーフィリアが強く後悔していると、廊下へと続く扉の向こうが、にわかに騒がしくなった。

「なんだ？」

横柄な態度で首を傾けてそちらを見やりながらも、アルヴァスが騎士服の上着の下で腰に佩《は》いた剣に手をかけたことは、隣に座るユーフィリアにはわかる。

それを抜くような事態にならなければいいと、祈るような気持ちで扉に目を向けていると、それが開き、思いがけない人物が姿を現した。

「交渉の席にはやはり私が出る。お前はもう部屋へ帰れ、ユーフィリア……」

よろめく身体を左右から騎士たちに支えられたラークフェルドだった。

「陛下！」

「お兄様！」

慌てて椅子を立った廷臣たちには目もくれず、ラークフェルドがまっすぐに見つめるのはユーフィリアばかりだ。

「ユーフィリア……」

「お兄様……」

兄が怪我を負った身で無理をして現れなければならないほど、自分は頼りない存在なのかと思うと、ユーフィリアは己の無力さが悔しかった。心を痛めながら、兄に言われるまま椅子を立とうとした。

しかしできない。まるでその行動を止めるかのように、隣に座るアルヴァスに腕を掴《つか》まれる。

「え？」

首を傾《かし》げたユーフィリアを何か含んだような表情で見つめ、それからアルヴァスは部屋の入り口で騎士たちに支えられてようやく立っているラークフェルドへと、視線を移した。

「よし、前言撤回だ……条件を変える。俺の希望はこのお姫様だ……帝国へ連れ帰ることと引き換えに、さっき提示した他の条件をいっさい放棄する」

「おおっ！」

思いがけない提案に、廷臣たちがざわっと色めきだったのはユーフィリアにもわかった。

ユーフィリアの身柄を引き渡すだけで、その他の条件は無効にするなど、王国にとってこれほど好都合な申し出はない。しかし、すぐにでも合意の声が上がりそうなその状況に、大きな声で待ったをかけたのはラークフェルドだった。

「そんな条件、呑めるはずがない！　すぐにこっちへ来るんだユーフィリア！　その男から離れろ！」

どちらかと言えば中性的な美しい顔を歪《ゆが》めて、唸《うな》り声《ごえ》を発した兄の形相は、鬼気迫るものがあった。

「あ……」

ユーフィリアはこれまでにすりこまれた条件反射で、すぐに兄のほうへ駆け寄ろうとしたができない。腕はまだしっかりとアルヴァスに掴まれている。

「あの……」

腕を放してほしいと思い、軽く引いたが、逆にたぐり寄せるようにしてさらに彼の傍へ引き寄せられてしまった。

「あっ……」

アルヴァスに肩を抱かれたユーフィリアの姿を目にして、ラークフェルドの顔が歪む。

「貴様っ！　ユーフィリアから離れろ！」

身体を支えてくれている騎士たちを押《お》し退《の》け、今すぐにでもアルヴァスに飛びかかりそうなラークフェルドを制したのは、騒ぎを聞きつけて扉の向こうに現れたイヴォンヌ王太后だった。

「いったい何の騒ぎです、ラークフェルド……交渉のことは気にせず、部屋でゆっくり身体を休めることが優先だとあれほど言ったのに……」

さらに数人の騎士に命じて、暴れるラークフェルドを押さえつけ、強引に謁見の間から連れ出させながら、王太后は扉の隙間から部屋の中を覗《のぞ》き見《み》る。

「まあ……」

アルヴァスに肩を抱かれているユーフィリアの姿に、おぞましいものでも見たかのように眉をひそめた。

「なんてこと……！」

ユーフィリアは途端に恥ずかしくなり、アルヴァスの腕から逃れようとした。

「放してください！」

しかしユーフィリアのか細い腕ごときでは、彼のたくましい身体はびくともしない。

「ユーフィリアを放せっ！　くそっ……放せ！」

その様子を見てますます激昂するラークフェルドは、騎士たちによって部屋から完全に遠ざけられた。悲痛な叫び声が次第に遠くなっていく。

騒ぎに乗じて、出入り口の最も近くにいた廷臣が、イヴォンヌ王太后に何かを耳打ちし、王太后の真っ赤な唇の端が、嬉しげに吊り上がった。

「まあ、そうですか……いいでしょう。我が国はその条件を呑みます。今回のモルフォン地方での紛争で、ヴィスタリア帝国がロズモンド王国に勝利した証《あかし》として、王女ユーフィリアを帝国へ連れ帰ることを許可します。その代わり、他の権利は一切主張しない……それでいいですね？」

アルヴァスに向かって迷いもなく言い切った姿に、ユーフィリアは雷に打たれたような衝撃を覚える。

「あ……」

イヴォンヌ王太后にとって自分は、忌むべき存在だとわかっていたつもりだった。それでもこうまであっさりと、敗戦の代償として他国に引き渡す宣言をされるとは思っておらず、その迷いのなさと容赦なさに身体が震える。

「はあ？」

ユーフィリア以上に驚いたような声を発したのは、その条件を提示したはずのアルヴァス本人だった。

嬉しげに微笑《ほほえ》んでいるイヴォンヌ王太后と、自分の腕の中で震えているユーフィリアを交互に見て、忌々しげに舌打ちする。

「ちっ……そういうことか……」

それでも一国を統べる皇帝らしく、一度出した自分の言葉を、覆すようなことはしなかった。

「じゃあこれで交渉成立だ」

「ええ、そうですね。誓約書のほうは、これからすぐに準備をします」

ほほほと高笑いを残して去っていくイヴォンヌ王妃を、部屋に集っていた廷臣たちは弾《はじ》かれたように次々と追いかけていく。その中には父が存命の頃、ユーフィリアに優しくしてくれた者もいたが、震えている様子を見ても、言葉もかけてくれなかった。

喉の奥に熱いものがこみ上げてきそうで、それをこらえるために俯いたユーフィリアに、アルヴァスが囁《ささや》きかける。

「少しいいか？」

何がだろうと思いながらも、ユーフィリアは顔を上げ、涙が浮かびそうになっている瞳を彼へ向けた。

「……？　はい……」

肩を抱きよせていた腕を解かれ、黄金色の頭の上にそっとのせられた大きなてのひらは、思っていたよりも温かかった。


「どうやらあの国王の弱点はあなたのようなので、条件に出せばもっといい交渉ができるかと思い、浅はかなことを言ってしまった……悪い。まさかあれほど早く返事があるとは思わなかった……すまない。俺のせいで辛い思いをさせた」

アーシェリー城自慢の庭園を案内するという名目で、アルヴァスと共に宮殿から出て、その前に広がる広大な薔薇園《ばらえん》を歩きながら、ユーフィリアは彼に謝られた。

それこそ思ってもみなかったことで、思わず足が止まる。

「兄の弱点が私？　いえ、そんなことは……」

軽く首を左右に振るユーフィリアを、アルヴァスは見上げるほど高い位置から見つめる。その顔は、申し訳なさそうにかなり眉が下がっていた。そうすると、まとう雰囲気もかなり柔らかなものになる。

初めて顔を見た時には、いかにも軍事大国の皇帝らしく迫力に満ち、ユーフィリアは親しげに話をすることなどとてもできないと思えたが、少し言葉を交わしただけでその印象は変わった。

強面《こわもて》の顔は、少なくともユーフィリアに向けられる時には少し優しい印象になる。相手の身体の自由を奪うような眼差しも、その鮮烈さをひそめる。おかげで緊張は覚えながらも、話をすることができた。

「それに……アルヴァス様に謝っていただくようなことでは……」

要はこのロズモンド王国にとって、ユーフィリアが大切な王女などではないということだ。

それは以前からわかっていたことであり、覚悟していたつもりだった。しかし実際にはまだ望みを捨て切れていなかった部分もあり、それをまざまざと見せつけられたことが衝撃だった。

だから本当に、アルヴァスに落ち度はない。

「これが私の現実ですから……」

胸に湧き上がるさまざまな思いを隠すため、固くこぶしを握り締めるユーフィリアに、アルヴァスが問いかけた。

「つまり姫は……あの若い王とは母親が違うということか？　それで軽く扱われていると？　違っていたらすまない……」

「いいえ……そのとおりです」

己の境遇を打ち明けるつもりなどなかったが、兄や王太后とのやり取りからほぼ推察されてしまっては、わざわざ訂正すればかえって嘘を吐《つ》くことになる。

正直に答えたユーフィリアを励ますように、アルヴァスは軽く肩を叩《たた》いた。

「そうか……それは本当に悪いことをした。すまない……でも心配しなくとも、あなたを無理やり帝国へ連れ帰ったりはしない……そういうことならこちらからまた違う提案をして、さっきの取り決めはなかったことにする。安心していい」

「あ……はい」

言われて初めて、それ自体に不安を覚えているわけではない自分にユーフィリアは気がついたが、それはアルヴァスに伝えるようなことではない。自分を気遣ってくれる彼に、ただ率直に感謝の言葉を述べた。

「ありがとうございます」

「いや……」

それは実際、この二年間、ユーフィリアが誰からも向けられたことのないような、温かな優しさと眼差しだった。

日々の暮らしの中で顔をあわせるのは、身の回りの世話をしてくれるルイーズと兄のラークフェルドだけだが、必要以上に親交を深めないため、ルイーズと会う時間は限られている。その中で食事の世話をしたり、着替えの手伝いをしたりしてくれるルイーズはとても忙しく、ユーフィリアは余計な言葉をかけて、彼女の仕事を邪魔することはできない。

兄が自分に向ける態度や視線には、いつも冷たさしか感じたことはなかった。

その中にあって、なんのてらいもなく示されるアルヴァスの思いやりに、ユーフィリアは落ち着かない気持ちになる。それをごまかすかのように、小道をたどる足を速める。

「久しぶりに来ると、私も知らないふうに庭園が変わっていて……あまりうまく案内できず申し訳ありません……このアーチなんて、初めて見ました……二年前にはなかった」

大きな樹に薔薇の弦《つる》を巻きつけて土台としたアーチは、左右から樹の高さ以上に伸び、ユーフィリアの遥《はる》か頭上で二つが重なる。色とりどりの薔薇に目を細めながらその光景を見上げていると、視界の中にアルヴァスの顔が入ってきた。

「久しぶり？」

かんが鋭く、小さな言葉の違和感も聞き漏らさない注意深さが、いかにも戦いを生業とする人間らしい。

その姿を眩《まぶ》しく見つめながら、ユーフィリアは頷いた。

「はい……」

おそらくもう二度と会うこともない相手だという思いが、どこかにあった。だから自分が置かれている境遇を正直に打ち明けても、特に不都合はないと思えた。

それにアルヴァスには、たとえどんな些細《ささい》なことにでも、ちゃんと耳を傾けてくれそうな雰囲気がある。それにユーフィリアが安心を覚えていることも確かだ。

「普段は私、あの塔に住んでいるのです。宮殿の本館に足を踏み入れたのは、父が亡くなって以来……二年ぶりのことでした……」

遠くに見える塔の屋根を指さしながら、ユーフィリアは語った。

アルヴァスは特に驚きのような言葉は発さなかった。

「二年……」

口の中で復唱し、軽く眉をひそめた以外には、ほぼ表情の変化もない。そのあとに続く言葉もないことに、ユーフィリアはかすかに落胆を覚えた。

(私ったら……)

アルヴァスならば何か優しい言葉をかけてくれるのではないかと、うっすらと期待していた自分にこそ、深く落胆する。

(なんて浅ましい……)

つい先ほど出会ったばかりの彼に、勝手に希望を寄せていたことが申し訳なかった。

いったん口にしてしまった言葉は取り消せないが、せめてこの話はもうこれで終わりにしようと、ユーフィリアは次の話題を探す。

しかしそれを見つけるより早く、思いがけずアルヴァスのほうが口を開いた。

「それであなたは構《かま》わないのか？」

「え？」

再び小道を歩き出そうとしていたユーフィリアは、投げられた問いかけに足を止める。ふり返って見てみたアルヴァスは、ユーフィリアが告白をした場所から一歩も進んでいなかった。

あいかわらず高い位置から、切りこむような眼差しで、ユーフィリアの心の真ん中に問いを投げてくる。

「その毎日は、あなたが望んでいるものなのか、姫？」

「私は……」

問いかけられて胸に迫るものがあった。塔の中に閉じこめられ、外界から遮断された生活など、もちろんユーフィリアが望んでいるものではない。しかしそれを受け入れなければ、この場所にいることができなかった。

王宮に留めることをイヴォンヌ王太后に願い出てくれたラークフェルドが、条件として提示したのが塔から出ない生活だ。ユーフィリア自身には選ぶ余地もなかった。

「私は……」

それを否定することは、兄を否定することにも繋がるような気がして、ユーフィリアはなかなか気持ちを正直に言葉にすることができない。

ためらう様子をしばらくじっと見ていたアルヴァスは、ユーフィリアが何度目か口を開きかけて閉じた姿を見て、言葉を発した。

「わかった……だったらやはり、さっきの条件は撤回しない。あなたは俺が帝国へ連れて帰る」

「え？　……どうしてですか？」

驚いたユーフィリアは、慌ててアルヴァスに駆け寄った。

ちょうど彼の背後に、沈みかけの夕陽が眩《まばゆ》い光を放っており、その顔を見上げるのに目を細めたが、アルヴァス自身も、それに負けないほど目を細めている。

（あ……）

優しげな眼差しに胸跳ねる思いがあり、ユーフィリアは妙に落ち着かない気持ちになった。

（私、どうしたのかしら……？）

そんな思いを知る由もなく、大きく頬を綻《ほころ》ばせたアルヴァスは、ユーフィリアの手を掴み、今度は彼が先に立って歩き出す。

「もちろん、交渉の条件としてだ。それでいい……がらの悪い戦勝国の皇帝が、戦の戦利品として敗北国の王女を強引に連れ去る。そんなの昔からよくある話だ……」

「でも……！」

アルヴァスは決してがらの悪い荒くれものなどではない。確かに見た目は怖いが、その人柄が実は優しいことは、ユーフィリアにはもうわかっている。恐れる気持ちはない。

それを説明しようと口を開きかけたのに、腕を強く引かれ、歩みを走りに変えられてしまったので、言葉にすることはできなかった。

「いいからあなたは、黙って俺に連れ去られていればいい」

それはつまり、もうあの塔の部屋へ戻ることはなく、アルヴァスと共にこの国を出るということだ——そう思い当たると、ユーフィリアの気持ちはますます落ち着かなくなる。

（あ……）

自由を得るのに、城から追い出されるのではなく誰かに連れ去られるなど、ユーフィリアはこれまで想像したこともなかった。確かにそれならば、ユーフィリア自身が兄を裏切ってしまったと、負い目を感じることはない状況だ。

しかしアルヴァスに、その役目を負わせてしまうことは申し訳ない。

「でも……」

反論しかけたユーフィリアは、その時、たくましい彼の腕にふわりと抱き上げられた。

「あ……！」

「しっかり掴まっていろ」

言うが早いか再び走り始められるので、その腕から転げ落ちてしまわないためには、ユーフィリアは言われたように彼にしがみつくしかない。

「はいっ！」

腕を伸ばしてその首に縋《すが》りつく。

ふいに腕を掴まれて引き寄せられても、こうして断りもなく腕に抱き上げられ、自分からアルヴァスに抱きついても、ユーフィリアに嫌悪感のようなものはまるでなかった。

緊張の思いはあるが、それは決して嫌な感情ではない。それどころか触れた場所から身体が熱くなり、頬もどんどん熱くなっているふうに感じるのは、いったいどうしてなのだろう。

(私……なんだかおかしいわ……?)

ユーフィリアがこれまでに経験したことのない状態に陥らせてしまうアルヴァスと、一緒にこの国を出る――。

その状況には不安よりも、もっと感情をかき立てるような高揚感があった。

その感情が何というものなのか、ユーフィリアにはまだ自覚はなかった。

第二章

モルフォン地方の紛争で勝利を収め、その後の取り決めのためにアーシェリー城を訪れていたアルヴァスとその配下の騎士たちは、交渉が終わるとすぐその翌日、ロズモンド王国を出て、帰国の途についた。

敗戦の代償としてヴィスタリア帝国へ引き渡されるはずのユーフィリアは、日が改まるとなぜか、アルヴァスの花嫁として連れ帰られることになっていた。

聞けばアルヴァスから、その申し出があったのだという。

「そんな……どうしてですか?」

驚くユーフィリア以上に、兄のラークフェルドの怒りは大きい。

「そんなことは絶対に許さない!」

怪我を負った身体で暴れるのを、王太后に命じられた騎士たちが懸命に押さえつけ、その隙をついての出発になった。

ユーフィリアとしては、兄に正式な別れの挨拶ができなかったことに後ろ髪引かれる思い半分、これでラークフェルドからかなりの反感を買ったに違いないアルヴァスに、申し訳ない気持ち半分だった。

「なぜ私を花嫁になんて……？」

腕と腕の間に座らされるようにして、共に乗せてもらった馬上、首を傾げるユーフィリアをアルヴァスが背後から見下ろす。

「あなたは仮にもこの国の王女だ。いくら帝国が勝利した証《あかし》とはいえ、物のように簡単に連れ帰っていい存在ではない……これが一番自然な形だ……それとも……名目だけとはいえ、俺の花嫁になるのは嫌か？」

「いえっ！　そういうことでは……！」

やはり実際に花嫁として迎えられるわけではなく、あくまでも王国に対する建前なのだと、ユーフィリアは納得する思いと共に、どこかで落胆する気持ちがあった。

いったいどういう感情でそう思ってしまうのかはわからないが、そうまでして半軟禁状態の生活から連れ出してくれたアルヴァスへの感謝の念は大きい。

「あの……ありがとうございます」

思いを素直に伝えると、ふいっと視線を逸《そ》らされた。

「礼を言ってもらうようなことではない。あなたは俺に、連れ去られているんだから……」

彼がどうしてもその体裁を貫きたがっているということは、ユーフィリアにももう理解できる。その信条を大切にしようと、これ以上余計なことは口にしないと決めた。

「はい」

しかし心の中では、今後彼に恩を返せるようなことがあった時は迷わず実行しようと、その行動に深い感謝を覚えていた。


王国と帝国の間にある広大な農地と街や村を抜け、国境を越えるには三日を要した。そこからヴィスタリア帝国の帝都へたどり着くまでにさらに三日。

皇帝の一行であるにもかかわらず、特に大げさにふるまうこともなく、一般の旅客たちに交じって延々と馬を歩ませる旅だったが、さすがに帝都へ入って居城に近づくと、その前の沿道で、大勢の騎士たちに出迎えられた。

「お帰りになったぞ！」

「やっぱり今回もあっさりと勝利してご帰還だ。さすが『雷帝《らいてい》』！」

「『雷帝』様！　次はどこへ？」

「今帰ったばかりなのに、もう次を急《せ》かすのか？　少しは休ませてくれ」

「ははは っ！　そんなことを言って……誰よりも戦場へ出たがりのくせに！」

「まあな」

大喜びで一行の周囲を取り巻く騎士たちと、笑顔のアルヴァスが交わす楽しげな会話に耳を傾けていたユーフィリアは、彼らが当たり前のように唱える聞き慣れない言葉に首を捻《ひね》る。

「『雷帝』……?」

城に着き、ひらりと先に馬を下りたアルヴァスが、ユーフィリアを馬上から抱き下ろしながら教えてくれた。

「俺のことだ。『皇帝陛下』なんて大仰な呼び名は好きじゃない」

「あ……」

交渉の場で初めて会った時に、『皇帝陛下』と呼ぶのはやめてくれと言い渡されたが、それはユーフィリアに限ったことではなく、誰に対しても貫いている彼の主義だったのかと、瞳を瞬かせる。

少し気まずげに前に向き直ったアルヴァスは、ユーフィリアの手を引いて歩き出した。

「『雷帝』というのは、俺がまだ小さな隊を率いる程度の騎士だった頃からの通り名だ……そう呼ばれるのも本当は嫌なんだが、さすがにこの地位になるともう名前では呼べないと言われるので仕方がない……位が上がれば上がるだけ窮屈になるばかりだ」

元来自由を好んでいるふうの背中を、ユーフィリアは眩しい思いで見つめた。

「そうですね……」

その閉塞感《へいそくかん》を知っているからこそ、彼はユーフィリアをロズモンド王国の王宮から連れ帰ってくれたのかもしれない。

「私は『アルヴァス様』とお呼びします。だからどうぞ私のことも……」

最後まで言い終わる前にアルヴァスがふり返り、力強く頷いた。

「わかった。ユーフィリアと呼ぼう……」

「…………！」

彼に名前を呼ばれると、どうしてどきりと胸が跳ねるのか。不可解な身体の反応をユーフィリアがじっと考えこんでいると、前方から声がした。

「アルヴァス！　貴様！　いったいどういうつもりだ！」

皇帝であるアルヴァスを本当に名前で呼んでしまうような人物もいるのだと、ユーフィリアはそちらに視線を向ける。しかしアルヴァスの広い背中に隠れ、声を発した人物が立っていると思われるほうはほぼ見えない。

「何がだ？　ファビアン。俺はお前の計画どおり、国境を越えてロズモンド王国に入り、現在のわが帝国の力を示し、交渉の場を設けることに成功した……しかもこうして、予定より早く帰還した……それなのになんの文句がある？」

「大ありだ！」

アルヴァスと対等な立場であるような話し方からすると、その人物は彼と知己の仲なのかもしれない。話の中に自国の名称が出てきたことに胸の音を速くしながら、ユーフィリアはアルヴァスの背中からそっと顔を出した。

城の入り口に向かうと思われる石畳の遥か前方に立っていたのは、アルヴァスと同じような騎士服に身を包んだ若い男だった。

茶褐色の髪に緑の瞳。どちらかと言えば理知的な雰囲気の細面の青年だが、アルヴァスに負けないほどに背は高い。同じように腰に剣を佩き、長いマントの裾を風に翻らせて、射るような眼差しをこちらに向けてくる。

「交渉条件は、あの土地の統治権と通行税徴収の権利だったはずだ。そのために帝国でも精鋭の騎士たちをお前の援護に向かわせた。それを待たずに決着をつけたことは、あいかわらず見事としか言いようがないが……それなのにお前は、せっかく得た有利な立場も全て放棄して、帰ってきたそうだな！　代わりに花嫁とはいったいどういうことだ！　意味がわからん！　一足先に帰ったブノワから、そう報告を受けたぞ！」

「ちっ……」

舌打ちしたアルヴァスは大きな手でがしがしと頭を掻《か》き、それからファビアンと呼びかけた青年に向き直った。

「事情が変わったんだよ……」

「何の事情だ！」

黙って会話を聞いていたユーフィリアだったが、アルヴァスが交渉の場で全ての条件を放棄し、自分を王国から連れ出すことを選んだので、二人は揉《も》めているのだとわかる。おそるおそるアルヴァスの背後から出た。

「あの……申し訳ありません……全ては私のせいなのです」

長い黄金色の髪を揺らしてふいに姿を現したユーフィリアに、ファビアンという青年は大きく目をみはった。

「な……！」

大柄なアルヴァスの背後にすっかり姿が隠れてしまっていたらしく、まさかユーフィリアがそこにいるとは思っていなかったという顔だ。

玲瓏《れいろう》な顔を歪めて彼が怒っているのは自分のせいだと思い、ユーフィリアは頭を下げた。

「本当に申し訳ありません」

「ユーフィリア、あなたが謝るようなことではない」

肩を叩いて頭を上げるように促してくれるアルヴァスに、ファビアンがため息交じりの言葉をかける。

「なるほどな……つまり、いつもの悪い癖が出たということか……もう、開いた口が塞がらないな」

苦々しげに言い放つと、踵《きびす》を返してその場から去っていこうとする背中を、アルヴァスが早足で追う。

「いや、いつものやつとは違う！　いいや、違わないかもしれないが……ユーフィリアは一国の姫だぞ！　一緒にするな！」

その背中をユーフィリアも急いで追いながら、心の中で首を傾げた。

（いつものやつ？　何かしら……）

堅牢《けんろう》な石門の奥にある、やはりぶ厚い石造りの重そうな扉の前に立ったファビアンは、そこで足を止めてアルヴァスをふり返り、そのあとを追っているユーフィリアをもう一度見直す。

「なるほど……だったら使い方次第では、こちらの有効な駒にもなり得るということか……」

「な……そんなことは言っていない！　ユーフィリアをお前の汚い権謀に巻きこむな！」

言葉と同時にアルヴァスに強く抱き寄せられ、ユーフィリアは息が止まってしまうかと思った。信じられないような速さで、どくどくと心臓が脈打っている。

「あの……っ」

放してくれないかとアルヴァスの顔を見上げると、それが想像していたよりもかなり近くにあり、さらに緊張が大きくなる。

ユーフィリアを見下ろしたアルヴァスも、はっとしたように腕を緩めた。

「すまない！」

「いえっ……」

二人の様子をじっと見ていたファビアンがふっと表情を緩めたが、それは笑顔というよりは、何か良からぬことを思いついたかのような意味深な表情だ。

「それでは賓客《ひんきゃく》として丁重にお迎えすることにしよう……」

「え……？」

首を傾げるユーフィリアに向かい、ファビアンはいったん姿勢を正して、それから深々と頭を下げた。まるで宮殿の大広間でダンスを申しこんでいるかのような優雅な所作は、騎士というよりは貴公子のようにも見え、ユーフィリアは息を呑む。

「姫君……私はその身勝手な皇帝の副官で、ファビアン・オラールと申します。これからどうぞよろしく……」

「はい、ユーフィリア・コンティーヌ・ロズモンドです。よろしくお願いします」

ドレスの裾を広げて丁寧にお辞儀を返したユーフィリアを、ファビアンは満足げに見つめた。

「これは、これは……」

なぜかその二人の間に、ユーフィリアを背中に隠すようにしてアルヴァスが割って入る。

「おかしな企《たくら》みはするなよ。ユーフィリアを巻きこむな」

「それは……どうだろう……」

声だけ聞こえてくるファビアンは、なぜだか嬉《うれ》しげだ。

「お前の花嫁だそうだから、身の回りの世話はシルビアに任せよう」

「な……！」

アルヴァスが珍しく言葉を無くして、焦っているようなそぶりを見せた。

「それだけはやめてくれ！　おい、ファビアン！　やめろ！」

叫びを無視して、ファビアンは城の中へと入っていく。そのあとを追うアルヴァスを追いかけて、ユーフィリアも生まれて初めて自国以外の国の城へ入った。


広大な敷地に壮麗な宮殿が建つロズモンド王国のアーシェリー城とはまったく異なり、ヴィスタリア帝国の城は、高い城壁を誇る要塞城だった。古い時代に造られたと思われる石造りの壁や階段がそのまま使われており、城内は何階層にもなった複雑な造りをしている。

「慣れないうちは絶対に迷うから、あまり勝手に歩き回らないほうがいい」

「はい」

アルヴァスの後ろをついて歩きながら、ユーフィリアはできるだけ道順を覚えようとしたが、同じような光景と、短い石段の上り下りが多すぎて、途中で諦めた。彼の言うように、要は一人で歩きまわらなければいいのだと自分に言い聞かせる。

案内されたのは、驚くべきことにアルヴァスの私室の隣の部屋だった。

「花嫁なので当然です」

涼しい顔で言ってのけるファビアンは、初めはユーフィリアを西の一画へ案内しようとした。

しかしアルヴァスに「だからいつものやつとは違うと言っているだろう！」と止められ、城でも一番奥まった場所にある、皇帝の私室の隣を選んだ。

その二択を迫られて選ばれなかった西の一画とは、いったいどういう場所なのだろうと、ユーフィリアの興味は尽きない。

（道順を覚えられたら、いつか行ってみよう……）

まずは新しい環境に慣れてからと、与えられた部屋の扉を開けたユーフィリアだったが、何気なく部屋の中に視線を向けて目をみはり、それからついもう一度扉を閉めてしまった。

「え？」

状況がよく呑みこめず、瞳を瞬《まばた》かせる。

「あー」

大きな手でまた自分の頭をがしがしと掻くアルヴァスの隣で、ファビアンはやはり涼しい顔をしている。

「どうかされましたか？」

どちらかと言えば中性的なその顔をじっと見つめ、ユーフィリアは意を決してもう一度扉を開いた。

「いえ……え？　ええっ……？」

しかし夢でも見ているのかと、目を擦らずにはいられない。きちんと整頓された小綺麗な部屋の中には、ファビアンと同じ顔をした人物がこちらを向いて立っていた。同じ茶褐色の髪と賢そうな緑の瞳。違うのは部屋の中にいる人物のほうが、遥かに髪が長く、ドレス姿であるというところだ。

「え？　え？」

部屋の中の女性と廊下に立つファビアンを何度も見比べるユーフィリアの姿に、アルヴァスがついに声を上げて笑い始めた。

「ははは！　あっちはファビアンの双子の妹のシルビアだ。ユーフィリア……驚かせてすまない」

「あ……」

そういうことだったのかとユーフィリアが身体から力を抜くと、部屋の中へ入るようそっと肩を押された。

「彼女はオラール侯爵家の娘で、この城の優秀な女官でもある……これからあなたの世話係をしてくれるそうだから、遠慮せずなんでも言いつければいい。おそらくあなたには、何も害はないはずだ」

「あ、はい……？」

アルヴァスのおかしな説明と、ファビアンとよく似たシルビアの、向かいあう相手の心を全て見透かすかのような眼差しには正直気後れを感じたが、アルヴァス以外には頼れる人もいない異国の地で、彼の副官であるファビアンの妹が傍にいてくれるのは、心強いことだとユーフィリアは自分に言い聞かせる。

「どうぞよろしくお願いします」

ユーフィリアが頭を下げると、シルビアも負けないほどに丁寧なお辞儀をした。

「こちらこそよろしくお願いします」

表情こそあまり変わらないものの、自国では傍仕えや侍従たちにも、まるで腫れ物に触るかのように遠巻きにされていたユーフィリアにとっては、彼女から返事があっただけでも嬉しいことだった。


長旅で疲れているだろうからと、アルヴァスとファビアンが早々に部屋を出ていったあとは、シルビアに手伝ってもらって湯浴《ゆあ》みをした。埃《ほこり》に塗れていた身体を綺麗にし、清潔な衣服に袖を通すと、それだけでも生き返る心地だったのに、シルビアがお茶の準備を整えてくれ、ユーフィリアは二年ぶりで優雅なお茶の時間を楽しんだ。

（ああ、まるで昔のようだわ……）

二年前、父王が亡くなるまでは、ユーフィリアはロズモンド王国の王女として何不自由ない暮らしをしていた。それを失って、初めて知ったことも多い。

たとえばこうしてユーフィリアがお茶を飲んでいる間、シルビアは壁際に立ってじっと控えている。それはユーフィリアから何か言いつけがあった場合に、即座に対応するためなのだが、ほぼ一人きりで二年間を過ごしていたため、ある程度のことは自分でできるユーフィリアには、その気遣いは無用だった。

「あの……シルビア、さん……よければこちらへ来て、一緒にお茶を飲みませんか？」

突然呼びかけてきたユーフィリアに、シルビアはとても驚いた顔をした。それは当然だ。たとえユーフィリアが王族でなく普通の貴族だったとしても、お茶の時間に傍仕えと共にテーブルを囲むというのは、めったにない。一緒に寛《くつろ》ぐのではなく、主の世話をするのが彼女たちの仕事なのだ。

特に、城に仕える女官であれば、その意識はいっそう高いだろう。しかしユーフィリアは、できれば一緒にテーブルを囲んでくれるほうが、嬉しいと感じていた。

「あの……アルヴァス様について、お聞きしたいので……」

「ああ……」

恥ずかしながら理由をつけ加えると、険しい顔をしていたシルビアが警戒を解いて近寄ってきてくれたので、ユーフィリアもほっとする。

実際、アルヴァスについて知りたいというのはユーフィリアの本音だった。彼に連れられてここまで来たものの、実は彼についてほとんど知らない。

ここまで来る旅の中で、半年ほど前に帝位に就いたということと、もとは一介の騎士上がりだということだけは教えてもらったが、世襲制ではないヴィスタリア帝国で、その地位にまで上りつめることがどれほどたいへんなのかはユーフィリアにはよくわからない。

生まれ育ったロズモンド王国は世襲制だ。兄のラークフェルドは、生まれた瞬間から次の王になることが決まっていた。

そうではなく、あくまでも本人の功績や実力で、皇帝にまでなったアルヴァスに、興味は尽きない。

「シルビアさんのお兄様のファビアン様と、アルヴァス様は、長いおつきあいなのでしょうか？」

だったら妹のシルビアもつきあいが長いのではないかと思い、期待をこめて問いかけたのだったが、それを聞いたシルビアの顔が目に見えて赤くなった。

（あ……）

その反応には覚えがあった。

この二年、人づきあいがほとんどないユーフィリアだったが、それ以前は多くの人に囲まれていた。同じ年頃の貴族の少女たちとの交流も多く、話し相手として城へやってくる令嬢たちは、いつも男性の噂話に花を咲かせていた。

ユーフィリア自身はそういった話題にはあまり興味がなく、聞き役にまわってばかりだったが、その時の少女たちが今のシルビアのような顔をしていたことを思い出す。

（シルビアさんって、ひょっとしてアルヴァス様のこと……？）

そう考えると、不思議と胸の奥がちくりと痛んだ。

思わずこぶしを握りしめるユーフィリアに、シルビアは淡々と答える。

「そうですね。年齢が同じで、騎士に叙任されたのも同じ時でしたから、つきあいはとても長いほうだと思います……兄は貴族で、『雷帝』はそうではありませんが、その実力に一目置いて、お互いに競いあい、腕を磨いて、気がついたら一緒にここまで来ていたと、兄がよく話してくれます」

「そうですか……」

あまり熱を感じさせない声音と対照的に、その頬が赤いことは気になるが、知りたいことに答えが貰《もら》えるという状況も、ユーフィリアには嬉しいばかりだった。

「お二人とも強いのですね」

「それはもう！　特に『雷帝』は、戦いの場にあっては並ぶ者がいないと言われています。お兄様は、戦略や戦術を考えるほうに長《た》けてらっしゃるので……」

「ああ、そういうふうに見えます」

シルビアの顔が、嬉しそうに輝いた。

「よかった……！」

自分を見つめてしみじみと呟かれるので、ユーフィリアは首を傾げる。

「何がでしょう?」

シルビアはかすかに頭を下げた。

「姫様が良い方で……王国の王女を『雷帝』が連れ帰ったと聞いたので、どんなわがままなお姫様かと覚悟したのですが、ほっとしました……」

言い終わってから、はっとしたかのようにシルビアは顔を上げる。

「申し訳ありません！　私としたことが出すぎた言葉を……！」

そのまま席を立ってしまいそうなシルビアを、ユーフィリアは必死に引き留めた。

「気にしなくていいのです！　そういうふうに言っていただけて、私こそ嬉しいのですから……どうか、もう少し私の話し相手になってください。ね?」

懸命の訴えに、シルビアの表情がまたかすかに緩む。

「本当に、良い方……」

「いえ、私なんてそんな……」

アルヴァスの話をする彼女の顔を見ながら抱いてしまった感情を思えば、ユーフィリアは素直に褒められることが申し訳ないほどだった。

（うらやましいと思ってしまった……）

お茶の片づけをしたシルビアが部屋を出て行ってから、ユーフィリアはひじ掛けのある長椅子の背もたれに深く寄りかかり、天井を見上げた。

硬い木の椅子しかなかった王国の自室と違い、この部屋にあるのは上等な天鵞絨《ビロード》張りの長椅子だ。こういった体勢でも首も腰も痛まない。

木を組みあわせた装飾が見事な天井を見上げながら、ユーフィリアはシルビアと話した内容を思い返していた。

（アルヴァス様って、やっぱり騎士として、とても強くて有名な方だったんだわ……）

異名を耳にした時から、どこかで聞いたことがあるような気がすると思っていたが、シルビアの話で確信を得た。ユーフィリアがまだ王女として暮らしていた頃、やはり同年代の少女たちの噂話に出てきたことがあった人物だ。

あの頃少女たちは頻繁に、近頃急速に力をつけてきているヴィスタリア帝国の騎士団には、負け知らずの騎士がいるのだと、怖いものを見るかのように噂しあっていた。

『それはもう、恐ろしいほどの迫力なのですって！』

『睨《にら》まれるとそれだけで敵が逃げるそうよ』

『怖いわね。もしそんな方と結婚しろなんてお父様に言われたら……私、家を出ますわ』

『私も！』

『私も！』

『姫様はどう思われます？』

『え……私？』

『はい。もしそんな怖い方と結婚することになったら……』

『そうね……実際にお会いしてみないとどういう方かわからないし、会ってみてそれから考えるかしら……』

『なんて懐が大きい！　さすが姫様は違いますわね、私なんてとても！』

『私も絶対に無理！』

『そう……かしら？』

王女である自分になんとか媚《こび》を売ろうと、話の後半はただ少女たちが持ち上げてくれていただけだとはわかる。しかしそれを差し引いても、何も知らなかった頃に、自分の答えた言葉が興味深かった。

（『実際に会ってみないとどういう方かわからない』し、『会ってみてそれから考える』か……）

ひょっとするとその噂の相手と、奇《く》しくも結婚することになった現実に、つい頬が緩む。あれが本当にアルヴァスだったとしたら、なんという巡りあわせだろう。

（実際にお会いして、それでも逃げたいとは思わなかったわ……だって本当は優しい方だと感じたもの……）

だから彼と共に祖国を出た。異国へ連れ帰ると言われても、逆らう気持ちなど微塵《みじん》もなかった。それどころか、自分のために無理をしてくれた彼にいつか恩を返すことができればと、共に歩く未来に展望のようなものさえ抱いていたのに、自分よりもっと親しい間柄の女性の存在を感じ、気持ちがかなり落ちこんでいる。

（私を花嫁にするなんて簡単に決めて、本当によかったのかしら……？）

胸痛くアルヴァスのことを思いながら、蓄積した疲労もあり、ユーフィリアはいつの間にかその格好のまま、眠りに落ちていた。

——おい……おい……！

夢の中で呼ばれている気がした。あれはおそらくアルヴァスの声だ。そう気づくともう寝ていてはいけないと思うのに、瞼《まぶた》が動かない。

開こうとしても過去の映像ばかりが瞼の裏に映り、懐かしくも遠いその思い出の中に、ずっと閉じこもっていればいいと、誰かが頭の中に囁きかける。

（だめよ！）

己を奮い立たせ、ユーフィリアは目を開くことにした。そう覚悟すると今度は簡単に、瞼を持ち上げることができた。

「うーん……」

大きく伸びをしながら目を開け、不自然な体勢で寝ていたため凝り固まってしまった身体をほぐすように動かす。

しかしそうしながら目の前にあるものを見て、思わず大きな悲鳴を発してしまいそうになる。

「…………！」

そこには今にも鼻と鼻が当たってしまいそうなほど近くに、アルヴァスの顔があった。

「あ、目が覚めたか……いや、すまない！　これは……このまま寝かせていいのか、それとも寝室へ運んだほうがいいのか迷い、あまりにもよく寝ているのでひとまず抱き上げようとしたところだった」

早口に話すアルヴァスが焦っているように感じ、つられるようにユーフィリアの胸の鼓動も早くなる。

「そ、そうですか……」

飛び退《との》くように離れた大きな背中を見ながら、気持ちが落ち着かなかった。

ユーフィリアには背を向けて違う椅子に座ったアルヴァスは、珍しく、まるで途方に暮れた子供のような雰囲気を醸し出している。

「どうしたのですか？」

思わず訊《たず》ねると、驚いたような視線を向けられた。

「え？」

「あ、困ってらっしゃるように見えたので……」

「ああ……」

アルヴァスは何かをふり落とすかのように軽く頭を左右に振り、椅子の背もたれに背中を預けて、長い脚を組んだ。

「簡単に言えば、ファビアンとシルビアに閉じこめられた。この部屋から出られないように、扉に外から鍵がかかっている。食事は三室続きの隣の部屋に準備したし、反対隣の寝室も整えたので、あとは明日の朝になるまでここから出てくるなだとさ……はあっ」

大きなため息を吐いて天井を仰いだアルヴァスに負けないほど、ユーフィリアにとってもそれは驚くべき事態だった。

「え？　どうしてですか？」

問いかけに応じて視線は向けてくれたが、アルヴァスは答えない。

「あなたにはとても言えない」

「でも……！」

確かこの部屋はユーフィリアが使うようにと案内されたのではなかっただろうか。その際、隣がアルヴァスの部屋であることも教えられた。

彼が彼の部屋に閉じこめられるのならば、百歩譲ってわからないこともないが、どうしてユーフィリアの部屋なのだろう。理由がわからない。

「どうして……？」

首を捻り続けるユーフィリアに、仕方がないとばかりにアルヴァスは向き直った。

「それが、あなたを花嫁にすると連れ帰った俺にとって、一番無駄のない選択肢だからだそうだ」

「無駄のない……？」

答えはもらえたものの、抽象的すぎてユーフィリアにはよくわからない。

「それはどういうことでしょう？」

その問いには、頑《かたく》なに首を横に振る返事しかもらえなかった。

「とにかくこれ以上は言えない。あなたには言いたくない。あ、悪い意味ではなくて……もしどうしても聞きたいなら、ここを出てからファビアンに直接聞いてくれ」

「わかりました」

そう何度も拒否されては、これ以上詮索はできない。

居心地悪く長椅子に座り直すユーフィリアに、ごほんと咳払《せきばら》いしたアルヴァスが問いかけてくる。

「腹が減ったか？」

帝都に着く前に食事をしたので、実を言えばまだあまり減っていなかった。

「いいえ、それほどでも……」

正直に答えると、深く息を吐かれる。

「俺もだ。それよりはもう休みたい……」

それはユーフィリアも同じ思いだったので、同意の意味で頷《うなず》く。

「はい……」

じっとユーフィリアに視線を注いだアルヴァスが、ふいっとそれを逸らした。

「休んで構わないぞ、隣の部屋に寝台の準備はもうできている」

「あ……」

精悍《せいかん》な頬がほのかに赤くなっていることに胸を跳ねさせながら、ユーフィリアは問いかけた。

「でもアルヴァス様は……？」

この部屋から出られないのならば、彼は自室へ戻って眠ることができない。

「ここで眠るさ」

身体の大きな彼が、長椅子の上で無理に身体を丸めて眠る姿を想像し、ユーフィリアはそっと促した。

「だったらどうか、アルヴァス様が寝台を使ってください。私はここでも眠れますので……」

小柄なユーフィリアならば、長椅子でもじゅうぶん休めると思い提案したのだが、アルヴァスには首を振られる。

「そういうわけにはいかない。女性に……まして一国の姫に……そんなことはさせられない。俺こそ座ったままでも眠れるから、何も気にするな。あなたは寝室へ行って休めばいい。さあ」

促すように、三室続きの隣の間へと続く扉を視線で示されたが、彼ばかりに不自由をさせて、ユーフィリアは動けない。

「でも……」

考えた末に、どちらの主張も取り入れた案を口にしてみた。

「だったら、一緒に寝室へ行って休みますか？」

「は？」

どうしてアルヴァスが呆気《あっけ》にとられたような顔をして、まじまじと自分を見つめてくるのか——ユーフィリアにはよくわからなかった。

「…………？」

理由を問うように首を傾《かし》げると、はあっと大きなため息を吐かれる。

椅子から立ち上がったアルヴァスが、寝室へと続くと思われる扉へ向かったので、ユーフィリアもそれに続いた。

燭台《しょくだい》に明かりが灯《とも》された居間と違い、明かりのない寝室は暗くて、アルヴァスの背中越しにのぞいてみても、いったい中がどういうふうなのか、ユーフィリアにはまったく見えない。

しかし目が慣れてくると、天蓋つきの大きな寝台が部屋の中央に据えられていることがわかった。眠るための部屋なので、他には大きな家具はない。衣服が入っていると思われるクローゼットと全身が映るような姿見以外は、その前に置かれた椅子ぐらいしかなかった。

「それで……俺にどこで休めだって？」

どう考えても、自分と同じ寝台で眠るように誘ったとしか答えようがなく、そういうつもりではまったくなかったユーフィリアは激しく焦る。

「いえ！　私……あのっ！」

どきどきと胸の音を大きくしながら首を振る仕草を見下ろしていたアルヴァスが、いたずらっぽい表情で笑った。

「まあ、答えは一つしかないな」

軽々と身体を抱き上げられ、寝台へと向かわれるので、ユーフィリアの焦りはますます大きくなる。

「違うのです！　本当にそういうつもりではなくてっ！」

必死に言い訳を続けるユーフィリアを寝台に寝かせると、すかさずアルヴァスも上ってきた。

「あ……！」

顔の両側に手をつかれると、それだけでもうユーフィリアにはどこにも逃げ道がない。自分

を見下ろすアルヴァスの顔を、息が止まるような思いで見つめる。

明かりが乏しい中で赤みが増したようにも見えるアルヴァスの瞳は、身体の自由を奪うかのようにしばらくじっとユーフィリアを見つめていたが、そのうちにふっとその光を弱めた。

「そんな顔をしなくても冗談だ……確かにこれだけ大きな寝台ならば、二人で寝ることもできるだろう」

ユーフィリアの上から退き、アルヴァスが寝台の端にごろりと身を投げたので、ようやくユーフィリアは止めていた息を吐くことができた。

「……はあっ……」

心臓が止まるかと思った。どきどきと大きくなった胸の音は、まだまったく平静さを取り戻してはいないが、真上から自分を見下ろしていたアルヴァスがいなくなったことで、極度の緊張からは解放された。

大きな息をくり返していると、こちらに背を向けたアルヴァスが低く囁く声が聞こえてくる。

「あなたはもう少し警戒心を持ったほうがいい、姫。しばらく世俗から遠ざけられていたこともあるだろうが……無防備すぎだ」

「ごめんなさい……」

震える声で謝罪すると、すかさず返事があった。

「謝るようなことじゃない。だが、気をつけたほうがいい。焚《た》きつけられたあとじゃなかったら、俺だって分別を保っていられたか微妙だ」

「焚きつけられた……？」

疑問の声には、気にするなとでも言いたげな、きっぱりとした決意の言葉しか返ってこない。

「絶対に、あいつの奸計《かんけい》に乗るつもりはない。そんなつもりで俺はあなたを連れ帰ったんじゃない。でもその気持ちが変わったら、その時はその時だ……」

「……はい」

曖昧な相槌《あいづち》に、アルヴァスの声音が少し変わる。

「自分の心に正直に……そしてあなたの思いだって、ちゃんと問う。だから本当に、何も心配しなくていい」

頑なにこちらに背を向け続ける大きな背中が、とても頼もしいと同時に、ユーフィリアがしばらく触れていなかった温かさを感じさせ、気を緩めると思わず自分から手を伸ばしてしまいそうだった。

しかし、『もう少し警戒心を』という言葉を戒《いまし》めに、その衝動は自分の中に封印する。

「はい……」

隣に誰かの気配を感じながら眠るのは、かなり久しぶりの経験だったが、安心感もあり、ぐっすりと朝まで眠ることができた。

翌朝、ユーフィリアが目を覚ますと、寝室にもうアルヴァスの姿はなかった。

「あ……」

先に起きたのだと思い、隣の居間に移動したが、そこにもいない。

「おはようございます」

どうやら部屋の外に控えていたらしいシルビアが、ユーフィリアが起き出した気配を察して、扉を開けて入ってきた。

「おはよう、ございます」

返事をしながらも、ユーフィリアは落ち着かない。長椅子の後ろに立ち尽くしているユーフィリアではなく、他の誰かをシルビアが探していることは、その目の動きでわかる。

「『雷帝』はどうしました？」

彼女の口からその呼び名が出てくることには、どうしても動揺した。みっともなく胸が跳ねたことを悟られないように、なるべく平静を心がけて、ユーフィリアは笑顔を作る。

「もう行ってしまわれたようです」

「そうですか……」

いったん沈黙してから、まるで覚悟を決めたかのように、シルビアが近づいてくる。

「それで昨夜は……どうでした？」

「ど、どうって？」

どれだけ意識しても、さすがに声が裏返る。何を問われているのかはわかるような気もするが、問い返す言葉しかユーフィリアの口からは出てこない。

「兄の計画通りに、事は進んだのかということです」

白い頬を染めて顔を俯ける仕草は、どちらかと言えば凛《りん》とした印象のシルビアを可憐《かれん》な令嬢のように見せ、よく似あってもいたが、そのタイミングがユーフィリアにはうまく理解できなかった。

「え……？」

昨日はアルヴァスの話をしている時に、そういう反応を見せられたので、ひょっとしてシルビアはアルヴァスに思いを寄せているのではないかと思った。

だからこそ、自分と結婚するなどと簡単に決めてしまって本当によかったのかと、ひそかに胸を痛めたのに、今日のシルビアからはそういう雰囲気はまるで感じられない。

それどころかアルヴァスのことを『雷帝』と呼び、彼女の兄であるファビアンがそうするように遠慮なく話す様子は、ユーフィリアの予想がまったく違っていることを物語っている。

（じゃあもしかして……）

彼女が頬を染めるのは、アルヴァスに対してではなかったのだと、もう一人だけいる心当たりの人物の名前を、ユーフィリアは出してみた。

「あの……ファビアン様の計画って……？」

途端にシルビアが顔を赤くし、恥じらうような仕草を見せるので納得する。

（やっぱりファビアン様に対してだったんだわ……！）

しかし二人は兄妹なのに、それはいったいどういう感情なのかと、心の中で考えこむユーフィリアに、それどころではなくなるような答えが返ってきた。

「はい。兄が言うには、『せっかく花嫁として迎えたのなら実際にそう接して、二人の間に子を成すのがもっとも建設的』だそうなので、『雷帝』と姫様がそういう関係になるように、努力するのが私の仕事だと！」

「…………！」

それでようやく、昨夜アルヴァスがユーフィリアの部屋に閉じこめられたことで、ファビアンを非難するような言葉をしきりに言っていたのに納得がいった。

まさかそういう計画が立てられていたとは思っておらず、ユーフィリアは顔を真っ赤にしてうろたえるばかりだ。

「そんな……そんなの……！」

その様子を見たシルビアの声が、若干低くなった。

「その感じでは、何もなかったふうですね……」

「え？　あ、はい……」

返事をするのも恥ずかしく、ユーフィリアが顔を俯《うつむ》けて頷くと、呆《あき》れたようなため息がシルビアのほうから聞こえる。

「大きななりをして……まったく度胸のない男だ」

おそらくアルヴァスのことを言っているのだと思われる言葉は、声音も口調もまるでファビアンにそっくりで、二人が双子であることを、顔が似ている以上に、ユーフィリアは強く感じた。

と同時に、シルビアをユーフィリアづきにすると言うファビアンを、アルヴァスがあれほど止めようとしていた理由も、よくわかった。


「昔からそうなのです。『雷帝』は女性に興味がないというか……戦いだとか武器だとか、物騒なものにばかり興味が強くて……」

簡単な朝食を終え、シルビアに身支度を調えてもらいながら、ユーフィリアはアルヴァスについての話を聞かせてもらった。長い髪を器用に編みながら、シルビアは淡々と語る。

「それなのに他国から花嫁を連れ帰ったと聞いたので、とうとうその気になったのかと感心したのですが……やはりそういうことではなかったのですね。本当に度胸がない……」

「でもそれは……」

評価があまりにもアルヴァスにとって不名誉であると、ユーフィリアは援護の声を上げる。

「王国で不自由な暮らしをしていた私を助けるために、アルヴァス様は連れ出してくださったのです。そのための『花嫁』なので、あの、そういう感情を持っておられないのは当然で……」

自分でもよくわかっている事実を伝えているだけなのに、胸が妙に痛むのがおかしい。思わず手で押さえながら、言葉を詰まらせたユーフィリアの顎を、シルビアが上向かせた。

「そうなのですか。それでは兄が言っていたように、本当にいつもの『あれ』なのですね……私はてっきり……」

ユーフィリアの唇に薄く紅を引いてくれながら、シルビアも言葉を切ってしまったので、紅が塗り終わられるのを待って、ユーフィリアは問いかける。

「あの……いつもの『あれ』とは何ですか？」

確か昨日ファビアンとアルヴァスも、そういう会話をしていた。気にはなっていたものの訊ねることはできなかったが、シルビアにならばと、訊《き》いてみる。

彼女は使い終わった化粧の道具を手早くしまいながら、感情の起伏が感じられない声音で提案した。

「良ければご案内いたしましょうか？　……百聞《ひゃくぶん》は一見《いっけん》に如《し》かずです」

「はい！」

彼女に着せてもらったドレスの裾を翻して、ユーフィリアは長椅子から立ち上がり、部屋を出ていくシルビアのあとを急いで追った。


シルビアが向かったのはユーフィリアが心の中で予想したとおり、城の西側の一画だった。その場所は、昨日アルヴァスとファビアンの会話にも出てきたので、いったいどういうところなのか、いつか訪ねられればいいと思っていた。

それがシルビアのおかげで、思ってもいなかったほど早く実現しそうなことが嬉しい。逸《はや》る気持ちを抑えながら、ユーフィリアはシルビアのぴんと背筋の伸びた背中を追った。

いくつもの階段を上り下りして、複雑に入り組んだ廊下を通り、連れていかれたのは、ユーフィリアに一室が与えられた城の最奥とあまり変わらないような場所だった。

廊下の壁は石製で、天井まで同じ大きさに切《き》り揃《そろ》えられた石が、隙間なくびっしりと積み上げられている。窓はほぼないので、等間隔で明かりの灯った燭台が並んでいた。

床には絨毯《じゆうたん》が敷かれ、そのため足音はあまり響かないが、声はかなり響く。

「もう少しです」

シルビアの声が通常の三倍は大きく聞こえ、ユーフィリアは思わず飛び上がってしまったほどだった。

「は、はい……」

シルビアはとある大きな扉の前まで行くと、そこで足を止める。真鍮《しんちゅう》製の立派な取っ手に手をかけて、ユーフィリアの前で扉を開いた。

「まずはここを見てください」

「はい……あっ」

廊下の暗さが嘘《うそ》のように、その扉の向こうは光に溢れていた。まるで外に出たようだと、思わず目を瞑《つぶ》ったユーフィリアは、しばらくしてからゆっくりと瞼を開き、驚きのあまりにその途中で思考も身体の動きも止まる。

「え……？」

そこは、『まるで外のよう』なのではなく、実際に壁や天井のない広い空間だった。床には草が茂り、色とりどりの花が咲いている。中央には噴水もあり、大きな木も生えていた。

「わあ……」

中へと入って頭上を見上げ、晴れ渡った空の眩しさに目を細める。

「あの……ここは？」

「中庭です。と言っても、以前は半解放のテラスだったのですが……『雷帝』が改装させて、完全に外にしてしまいました。ですからできたのは、彼が皇帝になった半年前です」

「半年前……」

その頃あの塔の上の部屋で、鬱々とした冬の日々を過ごしていたユーフィリアからすれば、そこは眩しいばかりの場所だった。

「ここはいったい……」

何のための場所なのかとシルビアに訊ねようとしたところで、足に突進してきたものを感じる。

「え？　……え？」

いったい何がと足もとに目を向け、丸い毛の塊が自分の足にすり寄っている光景に、ユーフィリアは思わず言葉をなくした。そうしている間にも、毛の塊は一つ、また一つと増え、さまざまな色の毛玉に、いつの間にかぐるりと周囲を囲まれている。

「これって……」

踏まないように気をつけていても、いろんな角度から一斉に迫られるので、身体の均衡を保っておられずその場に座りこんでしまう。

「きゃっ」

幸い毛玉はさっと散り散りになり、ユーフィリアの下敷きになったものは一つもなかったが、座りこんでしまった周りに、また次々と集まり始めた。

「あ、猫……それからこちらは……兎《うさぎ》？」

毛玉はどれも、実は小さな動物たちだった。種類も毛の色もさまざまな動物が、その場所には集まっている。見上げた空には鳥も飛んでおり、高い木の上には、その鳥の巣箱があるのではないかと思われた。

「あの、ここって……？」

小動物に囲まれたユーフィリアを、シルビアが珍しく大きく表情を崩しながら見ている。

「そうしてらっしゃると、やっぱり本当に同類なのだなと思ってしまいます……あ！　申し訳ありません……」

「いえ……同類……？　あ……！」

その言葉で、ユーフィリアは思い当たることがあった。初めて会った時、ユーフィリアを連れたアルヴァスの姿を見て、ファビアンは『いつもの悪い癖』と言った。そして部屋へ案内するのに、ユーフィリアをこの場所へ連れてこようともした。

それをアルヴァスが必死に「いつものやつとは違う！」と言い張っていたことを考えれば、これらの動物はアルヴァスが集めたものだという答えに、自然とたどり着く。

（そうか、だから同類……！）

動物はおそらく、何らかの不都合からアルヴァスが助けたものたちなのだろう。そしてこの城の、この部屋へ連れてこられた。

そう思い当たると、ユーフィリアは自然と頬が綻んだ。

（確かに、ファビアン様やシルビアさんの言うとおり、私もこの動物たちと同じだわ……）

ユーフィリアはアルヴァスによってロズモンド王国から連れ出され、ここへ来た。表向きは花嫁ということになっているが、実際には、不自由な環境からアルヴァスがユーフィリアを助け出してくれたというのが実情だ。

（本当に感謝している……）

それなのに、その事実を再確認するたびに、胸の奥に感じていたかすかな痛みが、少しずつ大きくなっているように感じるのはなぜだろう。

（そう、私はこの子たちと同じ……）

喉の奥にこみ上げてきそうになった熱いものをこらえるために、ユーフィリアは空を見上げ、そのまま草の上に寝転がってしまおうとした。その視界に、ふいに凛々《りり》しい顔が入ってくる。

「あ……！」

思いがけず顔をのぞきこまれ、心臓が止まってしまうかと思った。

「こんなところで何をしているんだ、ユーフィリア？」

たった今、彼のことを考えてなぜだか涙が浮かびそうになっていたことなど知るはずもなく、アルヴァスは快活に呼びかけて、ユーフィリアの隣に腰を下ろす。

ほんの今まで一緒にいたはずのシルビアはいったいどこへ行ってしまったのだろうと、ユーフィリアは周囲を見回したが、まったく気配もなかった。仕方なく、アルヴァスに説明をする。

「シルビアさんが連れてきてくださったのです。とても気持ちのいいところで……少し休憩していました」

それは決して嘘ではないが、それ以外にも、彼には伝えられない感情もある。隠しごとをしてしまった心苦しさを感じていると、小さな猫がユーフィリアの膝に乗ってきて、その温かさに気持ちがほっと癒《いや》された。

「ずいぶんあっさりと懐《なつ》いてしまってるな……もとはどれも警戒心が強くて、俺にも近づいてこなかったんだが……」

それがこれほどまでに幸せそうにのんびりと暮らしているのは、おそらくアルヴァスの庇護《ひご》下《か》にいるからだろう。彼のもとにいれば安心だと、もとは野生の生き物だからこそなおさら、ここにいる小動物たちは本能で理解している。その安心感はユーフィリアにもよくわかる。

「私も同類なので……」

笑顔で伝えたのに、アルヴァスには困ったような顔をされた。

「シルビアが余計なことを言ったようだな。だからあの兄妹は……！　あなたは違うと、あれほど言ったのに……！」

あとでシルビアが咎《とが》められるようなことがあってはならないと、ユーフィリアはアルヴァスに向きあった。

「大丈夫です。私はそれを嫌だとは思っていません。仲間だとわかってこうやって寄ってきてくれることが……嬉しいです」

猫を撫《な》でながら告げると、アルヴァスがはあっと息を吐いた。

「あなたは優しいな……」

そう言ってもらえることには、胸に熱い思いがこみ上げるが、ユーフィリアは頭を軽く左右に振って、アルヴァスに反論する。

「優しいのはアルヴァス様です」

「俺が？　恐ろしいとはよく言われるが、そんなことを言われたのは初めてだ……」

彼は驚いたように目をみはる。そのたくましい肩や長い足には、もう何匹もの動物たちが上っている。その様子を、ユーフィリアは目を細めて見た。

「もし動物たちが人間の言葉を話すことができたら、きっとみんなそう言うと思います」

「そうかな……」

ぶっきらぼうなアルヴァスの声音には、照れ隠しの意味も含まれているようだった。

「そうでなければ、近くに寄りたいとは思いません。すり寄ったりも……」

自分の膝の上から移動する猫を追って、アルヴァスに視線を向けたユーフィリアの肩を、アルヴァスがそっと掴む。

「あなたは？　あなたも近くに寄りたいと思うか？」

「え……」

顔から火が出るのではないかと思うほど、頬がかあっと熱くなったが、ユーフィリアは自分の正直な感情を、行動で示した。

「はい」

心持ちアルヴァスのほうへ身体を寄せながら、黄金色の頭を下げると、それを広い胸に抱き寄せられる。

（あ……）

心臓はもう今にも壊れてしまいそうなほどに、早鐘のようになっていたが、おずおずと自分からもアルヴァスの背に腕をまわした。

「動物たちのように、ここへ連れてきたことがあなたにとっても、良い結果になるといいと願っている」

こうしてアルヴァスと寄り添っていられるのならば、それはおそらく実現するはずだと言おうとして、ユーフィリアはやはりやめた。

「はい、ありがとうございます」

感謝の思いを伝えるに留《とど》める。

アルヴァスのことを考えたり、その顔を見たり、傍に寄られたりするたびに、どうして動揺して胸の音が大きくなってしまうのか——その理由は自分でももうわかった気がするが、同じような思いを彼が自分に向けてくれているとは思えない。

ここにいる動物たちと同じように、保護して庇護下に置いたほうがいいと判断したので、王

国から連れ去ってくれたのだ。そのための口実として、花嫁という肩書も与えてくれた。

しかしユーフィリアが彼に抱き始めているのと同じような思いを、寄せてくれているはずがない。

（きっと無理だわ……無理……）

それでも抱き寄せられる腕は温かく、その中に抱きしめてもらえる幸せなひと時が、少しでも長く続けばいいのにと願わずにはいられなかった。

第三章

　ぎいっと隣の部屋の扉が開く音が廊下に響き、扉の左右を警備している騎士たちにアルヴァスが何かを話している声が聞こえたので、ユーフィリアはかけていた椅子から急いで立ち上がった。

「姫様早く！　急がないともう行ってしまいます！　『雷帝』め……なんなら私が先に出て、引き留めておきましょうか？」

　アルヴァスに対してだけひどく辛辣な話し方をするシルビアは、ユーフィリアにはとても敬意を持って接してくれ、城に来た日から熱心に世話を焼いてくれている。

「大丈夫よ」

　ドレスの裾と波打つ金髪を翻らせて、その横を駆け抜けようとすると、軽く止められた。

「あ、少しお待ちください。おリボンが一つ曲がっております」

　長い髪にユーフィリアが結んだリボンを素早く直すと、励ますように優しく背中を押してくれる。

「今日も姫様にいいことがありますように」

「ありがとう、シルビア！　いってきます」

「いってらっしゃいませ」

タイミングよく扉を開いてもらい、廊下へと駆け出しながら、ユーフィリアは前方に遠くなろうとしている大きな背中に呼びかけた。

「アルヴァス様！　待ってください！」

「あ？」

突然の声に足を止めてふり返ったアルヴァスは、騎士服の上にマントを羽織っている。だとすればこれから向かおうとしているのは城の外だ。ただの見回りならばいいが、緊急の用であるなら邪魔になるのではないかと、ユーフィリアは一瞬怯《ひる》んだ。

しかしあまり急いでいるふうではないと、その様子を確かめて、意を決して口を開く。

「どちらへ行かれるのですか？　あの私も……ついていってはいけませんか？」

「あー」

隣に立つファビアンと視線で何かを確認しあったアルヴァスは、力強く頷いた。

「別に構わないが……たんに街を見てまわるだけなので、ユーフィリアにはつまらないかもしれない」

「いいのです！　ありがとうございます」

行き先が城の外であっても中であっても対応できるようにと、シルビアがドレスの上に外套《がいとう》を着せてくれていた。その心配りに感謝しながら、ユーフィリアはアルヴァスに駆け寄る。その様子を微笑《ほほえ》ましそうに見やって、ファビアンは踵《きびす》を返した。

「じゃあ私はこれで……」

「ああ」

その背中が廊下の曲がり角の向こうへ見えなくなると、当たり前のようにアルヴァスがユーフィリアを近くに抱き寄せる。

「あなたは本当に勉強熱心だな。帝国のこともこの城のことも……深く知ろうと自分から行動する……感心するばかりだ」

それは確かに目的の一つではあるが、忙しい彼と少しでも一緒にいられる時間を増やしたいと、邪魔にならない公務に随行するために毎日かなりの努力を重ねているユーフィリアは、少し申し訳ない気持ちになる。

「いえ……」

率直に褒めてくれるアルヴァスを騙《だま》しているようで、ユーフィリアが笑顔では返事をできずにいると、たくましい腕に抱き上げられた。

「じゃあ行こうか。馬でと思ったが、あなたがいるなら馬車のほうがいいか？」

「いえ！　馬で大丈夫です」

「わかった」

二人で一頭の馬に乗っているほうが、向かいあって座る馬車より、アルヴァスを近くに感じられる――その本音は、やはり正直に言えなかった。


ヴィスタリア帝国へ来てひと月が過ぎ、ユーフィリアは新しい暮らしにも慣れつつある。

何もかもを制限されていた自国での暮らしとはまったく異なり、自由に過ごしていい日々に初めは戸惑いも多かったが、それもいつしか当たり前になろうとしていた。

忙しくてなかなか一緒に過ごす時間がないアルヴァスとは、自分でその時間を作るように努力もしている。街の見回りのように、邪魔にならない仕事の時は、ユーフィリアも同行する。

その代わり、軍議や他国の視察など、重要な仕事の時は邪魔をしない。

分をわきまえた行動は、これまで兄や王太后の機嫌を見ながらなるべく意に添うようにと、気を遣って暮らしてきた日々の中で培《つちか》われたものかもしれなかった。しかしあの日々に戻りたいとは思わない。もっと幸せな暮らしを、ユーフィリアはもう知っている。

部屋に閉じこめられたため、仕方なく一緒に一晩を過ごしたあの日以来、アルヴァスと寝台を共にしたことはない。やりすぎだとファビアンとシルビアの兄妹は厳しく戒められ、それ以降二人がそういった奸計《かんけい》をめぐらしてくることはなかった。

しかし無理やりにではなく自然と、アルヴァスとユーフィリアの距離は縮まってきている。一緒にいれば寄り添うことはもう当たり前だ。それは一般の夫婦にとっては、もどかしいほどの距離感かもしれないが、そうでないユーフィリアとアルヴァスにとってはちょうどよかった。

（でも、その微妙な関係も明日で終わり。私は明日、アルヴァス様の花嫁になる……）

その変化が二人に何をもたらすのか、ユーフィリアは楽しみに思う気持ちよりも、不安のほうが大きかった。


「どうした？　ユーフィリア、ぼーっとして……」

背後から囁くように話しかけられ、ユーフィリアははっと前方を見直す。

「あ！　いえ……なんでもないです……」

考え事をしているうちに、二人を乗せた馬は、これまで行ったことのない地域にまで進んでいた。普段だったらもの珍しく、目についたものをアルヴァスに訊《たず》ねたり報告したりしているはずが、何も言葉を発さないので、心配して声をかけてくれたのだろう。

ユーフィリアはアルヴァスのたくましい腕と腕の間で、馬に座り直す。

「ひょっとして寝ていたのか？」

正確にはそうではないが、たとえ目を開けていても、そこに見えている以外のものについてじっと考えこんでいた状態は、寝ていたのとそれほど変わらない。

「そうかもしれません……」

しゅんと俯いたユーフィリアを、アルヴァスが抱き寄せた。

「ははは！　なんだそれは……自分でわからないのか？」

「だって……！」

急に近くなった距離にユーフィリアが胸の音を大きくしていると、沿道から不意に呼びかけられる。

「『雷帝』様！」

「おお、フィリッポ。元気にしていたか？」

声に従ってそちらへ視線を向け、アルヴァスが返事をするうちに、ユーフィリアはそっと彼から離れた。明日にも夫婦になる二人が寄り添っていることに文句を言う者などいないだろうが、彼の皇帝としての威厳を保つためだ。

アルヴァスにそうされるより自分でするほうがいいと思っているため、ユーフィリアがこういう時に後れをとることはまずない。顔見知りの街の人とアルヴァスが会話をしている間、なるべく人当りのいい笑顔を心がけて、一歩引いた気持ちでそれを見つめてもいる。

「本当にうらやましいほどお綺麗な方ですね。結婚相手がアルヴァス様でいいのですか？」

からかい気味にユーフィリアにも声をかけてくれる者や、二人を祝ってくれる者はまだいい。

しかし問題は――。

「ちょっとアルヴァス！　ずいぶん久しぶりじゃないの！」

いかにも親しそうに、彼の名前を呼ぶ女性の声には、ユーフィリアは心が凍りつきそうな思いになる。

「あ……悪い、俺も忙しくて……」

「そんなこと言って、仕事じゃなくって綺麗な花嫁様と仲良くするのに忙しかったんでしょう？」

「そうじゃない！」

「照れない、照れない」

楽しそうにアルヴァスをからかう声と、それに応える彼の声には、実際耳を塞《ふさ》いでしまいたい気持ちが大きかった。

アルヴァスは貴族ではなく平民の出身で、街で生まれ育ったこともあり、一歩街に入れば多くの知人や顔見知りがいることは、ユーフィリアもわかっている。

実際街の見回りには、何か変わったことはないかと巡回しながら、それらの人々から話を聞いたり、街の様子を教えてもらったりしている意味あいもあるので、彼らと談笑している姿を見るのが嫌ならば、ユーフィリアはついてこなければいい。

しかし自分がいないところで、こういうふうにアルヴァスが他の女性と親しげに話しているのかと思うと、それを知らないことも嫌だった。

そういう感情を抱いていい立場でも関係でもないのに、彼に対する醜い独占欲ばかりが大きくなり、ユーフィリアはそういう自分が、さらに嫌でたまらない。

その女性との会話が終わるまでは何も聞かず何も見ないように、心を殺していようと決意したユーフィリアの肩を、アルヴァスが軽く揺らした。

「おい、どうした？　ユーフィリア……」

放っておいてほしいと思うが、そう訴えることはできない。

「あ……」

瞳を瞬かせたユーフィリアの様子に、アルヴァスが表情を大きく崩した。

「なんだ。また眠っていたのか？」

ためらいもなくその身体を抱き寄せる様子を見て、女性は呆れたように去っていく。

「はいはい。お綺麗な花嫁様とどうぞ仲良く……」

「おい、なんだ！　話はまだ終わっていないぞ！」

怒ったように呼びかけながらも、アルヴァスは彼女のあとを追おうとはしなかった。その腕の中で、ユーフィリアは次第に不安になってくる。

「あの……いいのですか？」

馬を再び歩ませ始めたアルヴァスに問いかけると、顔を近づけられた。

「何がだ？」

「あの方にもっと話を聞かなくていいのか……です」

間近で向きあっていることに耐えられず、顔を俯けて訊ねると、髪の生え際の辺りに頬を寄せられる。

「いいんだ」

どきりと大きく跳ねた心臓はもう今にも口から飛び出してきそうで、ユーフィリアは息が止まる思いなのに、アルヴァスに変わったところはない。否、表面上そう見えているだけで、実は違うのかもしれない――。

ユーフィリアがそう思い当たったのは、黒髪の間から見え隠れする白い頬がかすかに赤く染まっていると気がついたからだった。

（あ……）

そう思ってしまうと、ユーフィリアのほうこそもう冷静ではいられない。固く目を閉じると、その顎に指が伸びて、顔を上向けられた。

いったいどうしたのだろうとかすかに瞼《まぶた》を開く。驚くほど近くにアルヴァスの顔がある。

「ユーフィリア……」

熱を帯びたような瞳は伏し目がちになり、顔はますます近づいてくる。

「………！」

緊張に身体を硬くして、ユーフィリアは震える瞼《まぶた》を閉じたのに、その時、遠くからかけられた声があった。

「『雷帝』様──!」

その声を聞き、今はアルヴァスと二人で馬に乗り、街を見回っていたところだったのだと、はっと思い出す。たくましい胸を押《お》し退《の》けるようにして身体を離すと、アルヴァスも夢から覚めたかのように急いで身を引いた。

「あ……!」

顔を真っ赤にして背けられるので、ユーフィリアこそ、茹《ゆ》だってしまいそうに頬が熱くなる。

「な、なんだ。ハンスか……」

普段よりも動揺があらわなアルヴァスの声を、ユーフィリアは顔を大きく背けたまま聞いていた。

(今のは……何……? アルヴァス様はいったい何をしようとしたの……?)

頭の中をぐるぐるとまわり続けてとうぶん消えてくれそうにない疑問は、おそらくアルヴァス自身の中でも鳴り響いているのだろう。

「どうしたんですか? 『雷帝』様?」

「何が? 俺は別にどうもしないが?」

「だって、まるで子供が熱を出した時のような顔になってますよ」

「な……！　そんなはずはない！」

すっかり調子を乱してしまっている姿には、ユーフィリアも落ち着かない気持ちを大きくするばかりだった。


ぎこちないまま二人は城へ帰り、それからそれぞれの部屋へと別れた。

「ではまた明日」

「はい。おやすみなさい」

「おやすみ」

部屋に入ればシルビアが見事に食事の準備を済ませてくれており、ユーフィリアは深く感謝せずにはいられない。

「ありがとう……」

しかし目にも美しいメニューの数々は、少しも味がわからなかった。ただ機械的に口に運び続けていると、シルビアに問いかけられる。

「姫様……ひょっとして明日に結婚式を控えて、緊張してらっしゃいます？」

「あ……」

その実感はあまりなかったが、ユーフィリアはシルビアの優しさに甘えさせてもらうことにした。

「そうかもしれない……」

食べることを中断して俯くと、宥《なだ》めるように背を撫でてくれる。

「大丈夫です。きっとうまくいきますよ」

「そうね……」

「姫様なら大丈夫です」

「ええ……」

「式の途中でもし何かあっても、悔しいけど『雷帝』に任せれば、きっとどうにかしてくれます」

「はい」

熱心な励ましの言葉に、いちいち律儀に返事をしていたユーフィリアは、次の言葉に思わず自分の耳を疑った。

「これでもしうまくいかなかったら、これまでそのために努力してきた私とお兄様の努力が、全部水の泡ですから……意地でもうまくいってもらいます」

「え……ええっ？」

うっかり相槌を打ちかけて、それが途中で驚きの声に変わる。

ふり返って見上げてみたシルビアは、口もとに手を当てて、「また余計なことを言ってしまった」とでも言いたげな顔をしていた。

その姿を見ていると、ユーフィリアは思わず笑いがこみ上げてきた。

「ふふっ……」

肩を揺すって含み笑いを漏らすと、ファビアンと瓜二《うりふた》つのシルビアの緑の瞳が、驚いたように見開かれる。

「姫様？」

その顔を見ていると、もう笑いが止まらない。

「あははっ」

ユーフィリアは声を上げて笑い始めた。

「姫様！　大丈夫ですか？　いったいどうされました？」

シルビアが驚いているのも無理はない。ユーフィリアはこれまで彼女の前でこういう笑い方をしたことはない。否、シルビアの前に限らず、ヴィスタリア帝国へ来てからも、その前に自国にいた頃も、おそらくなかった。

涙を零《こぼ》してようやく笑うのをやめたユーフィリアに、シルビアがコップに入った水を手渡す。

「どうぞ」

「ありがとう」

それを飲んで、ユーフィリアは気持ちが落ち着いた。笑う前よりもすっきりしているようにも感じた。

「いったいどうされたのです？　姫様……」

食事の片づけをして、ユーフィリアの長い髪に結んであったリボンを一つずつ解き、髪を梳《くしけず》ってくれながら、シルビアは問いかける。

心地いい感覚に身を委ねながら、ユーフィリアは自分の思いを素直に語った。

「そうね……知らない土地へ来て、出会った人がみんないい人で……これまでの辛い暮らしが嘘のように、私は幸せな毎日を過ごしているけど……その裏には相手のさまざまな思惑もあるのだなとシルビアの言葉で気づかされて、そうしたら少し気持ちが楽になったみたい……」

「すみません。見苦しい本音をお聞かせしてしまったと反省はしているのですが……それをお聞きになって、楽になられたのですか？」

「ええ」

ユーフィリアは頷いて、シルビアをふり返った。

「みんなに優しくされて、大切に守られて、私ばかりが幸せなのをずっと申し訳なく思っていたので……私がここにいることでシルビアも、ファビアン様も、ひょっとしたらアルヴァス様も、何かいいことがあるのなら、それほど嬉しいことはないから……」

「そんなことを気にしてらっしゃったのですか！　なんていじらしい方……！」

感極まったシルビアに後ろから抱きつかれ、ユーフィリアは驚いた。

「きゃっ」

背中に感じる胸の膨らみは、ユーフィリアのそれとは比べものにならないほど大きい。十八歳のユーフィリアと、二十六歳のシルビアの八歳の年齢差は、そのままアルヴァスとの間にも言えることで、彼らから見ればやはり自分など、まだまだ子供だ。

そう実感すれば、また胸が少し痛くなる。

(…………)

しかし今はそれさえ凌駕《りょうが》するほど、安堵《あんど》の思いが大きかった。それほど一方的に守られて与えられる生活は、見えないところでユーフィリアに気疲れを与えていたのだと、自分でも初めて気づいた。

確認というより好奇心で、シルビアに訊ねてみる。

「それで……私とアルヴァス様が無事に結婚したら、シルビアにとって……ううん、ファビアン様にとって、何の都合がいいの？」

「え？　あ……それですか？」

まさか率直に問いかけられるとは思っていなかったらしく、シルビアは一瞬言葉に詰まったが、それを特に隠すつもりはないらしい。

「兄に言わせれば、姫様を花嫁に迎えることで、『雷帝』は唯一持っていなかったものを手にできるのだそうです。それがとても重要なので、建前などではなく、何としてでも二人には本当に結婚してもらうようにと、初めに言い渡されました」

「唯一持っていなかったもの？」

首を傾《かし》げるユーフィリアの髪を、シルビアはもう一度梳り始める。そうしながら、話も続けてくれる。

「はい……ずば抜けた強さだと国外にも広く名を轟《とどろ》かせ、帝国内でもその圧倒的な実力で、若くして最高の地位にまで上りつめた……その彼が、どうしても持っていなかったものです」

「持っていなかったもの……」

何かが喉のあたりまで出かけているような気がするのだが、うまく思いつかない。もどかしい思いをしているユーフィリアを、シルビアは笑みを含んだ表情で見ている。その顔は、やはりファビアンとよく似ている。

「そのために、初日は『雷帝』と二人きりで部屋に閉じこめたりなどしてしまい……申し訳ございませんでした」

「いいえ、それはもういいの」

二人の間ではとうに過去の話になっていたあの日のことを、シルビアがわざわざ持ち出してきたということは、それも今話していることと何か関係があるのだ。しかしユーフィリアは、うまく思いつかない。

「そんなことをしなくても『雷帝』は姫様と正式に結婚するつもりなので、ぜひとも得たいものは自動的に得られると、兄ももうその件からは手を引いたのですが……確かにああいったことは無理やり状況を作られるのではなく、姫様と『雷帝』の自然な気持ちの流れが大切ですものね」

「…………！」

どこかで聞いたような言葉には、顔から火が出るような思いがしたが、それでユーフィリアははっと思いついた。

「あ、ひょっとして……私と結婚すると、アルヴァス様も王族に類する身分が手に入れられる……ことですか？」

正式に結婚すれば自動的に得られるという話と、ユーフィリアとアルヴァスが寝台を共にするのと対比的に語られていることからそう思ったのだが、どうやらそれは正解のようだった。

「そうです。国の頂点に立っても『雷帝』が平民の出であることは変わりません。幸いヴィスタリア帝国は出自にこだわらず、実力のある者が上にのし上がることができる国ですが、対外的に見れば『雷帝』の出自はあまり歓迎されるものではありません……それどころか平民の出であることを、蔑む国もあるかもしれません……しかし姫様と結婚すれば、もう誰も何も言えません。なんといっても姫様は、ロズモンド王国の王女殿下なのですから！」

「あ……」

やはりそうだったのだと知り、ユーフィリアはさあっと全身から血の気が引く思いがした。

その戸惑いをシルビアに知られてはならないと、必死に冷静を取り繕う。

「そう、ね……」

「しかも、それももう明日です。本当に感慨深いですね……明日のためにひと月もかけて、式をおこなう大聖堂を改修し、その前の広場も拡張されましたが、姫様自身も負けてはおられません。ここへ来られた時より、表情も柔らかく笑顔も多くなられたし、肌も髪も輝くよう……『雷帝』が準備した花嫁衣装も、きっととてもよく似あわれるでしょう！」

「ありがとうシルビア」

「明日に備えて、今宵《こよい》はもう早めにお休みになりますか？　それともう一度念入りに湯浴《ゆあ》みされますか？」

シルビアの問いかけに、ユーフィリアは顔を俯けて答えた。

「疲れたので、休むことにするわ」

「そうですね。それでは明日はいつもより早く起こしにまいります」

「ええ、お願い。おやすみなさい」

「おやすみなさいませ」

ユーフィリアが寝室へ移動するのを見届けて、居間の燭台《しょくだい》の明かりを消して、シルビアは部屋を出ていく。扉が閉まる音を確認するまで、瞳いっぱいに浮かんだ涙を零さずにいることが、ユーフィリアにとっては限界だった。

「どうしよう……」

ぱたりと扉が閉じられた音と共に、大粒の涙がぽたぽたと零《こぼ》れ落《お》ちる。それはどれほど手の甲で拭っても、あとからあとから湧いてきた。

「どうしよう、私……」

ほんの少し前に、シルビアの前で声を上げて笑ったのが嘘のように、今は心を真っ黒に塗り潰すような感情しかない。自分がここにいることで、ユーフィリアばかりが得をしているのでなく、アルヴァスにも利があると知って嬉しかった。その感情が、すっかり失われてしまっている。

「どうしよう……」

同じ言葉をくり返し、固く握りあわせた両手が震えるユーフィリアは、ある事実に打ちのめされていた。

自分と結婚することで、これまで唯一それを持たなかったアルヴァスが、ようやく手に入れることができるのだと語られた『身分』――それをユーフィリアは、実は彼に与えることができない。

「どうしよう……！」

ファビアンやシルビアが知らないところを見ると、国外にはまだ伝わっていないのかもしれないが、少なくともロズモンド王国内では、ユーフィリアは正式な王女と認められていない。

先王の娘ではないと、父が亡くなった二年前に、身分を剥奪《はくだつ》された。

だからユーフィリアと結婚しても、アルヴァスが王族に類する身分になったとは、ロズモンド王国内では認められない。

今は国内に留《とど》めているのかもしれないユーフィリアのその処遇を、王太后や彼女に命じられた兄王が、いつ国外に公表するかはわからなかった。もしそうなった時に、嘲りを受けるのはユーフィリアを花嫁にしたアルヴァスだ。

そのことに思い至ったユーフィリアは、涙を拭って果敢に顔を上げる。

（そうよ……泣いている場合じゃない。このことをアルヴァス様に伝えなくちゃ……）

どうしてもっと早く考えが及ばなかったのかと、これまでの自分を猛省するばかりだった。

自分と結婚することで、アルヴァスがこれまで持っていなかった身分を得ることができるとは、考えてみたこともなかった。彼を見ていて、そういう思惑はまったく感じられなかったからだ。

実際彼にそのつもりはなく、彼の副官を務めるファビアンから見た利点なのかもしれない。

それでも本来与えられるものが、自分では与えられないことを隠したままアルヴァスの花嫁になることはできず、ユーフィリアは座りこんでいた寝台から立ち上がった。

寝室を出て居間を通り抜け、廊下へ滑り出る。もう寝るだけなので夜着姿になっており、それをアルヴァスの私室の警備をしている騎士たちに見られるのは恥ずかしいと思ったが、幸い部屋の前には誰もいなかった。

結婚式を明日に控えたアルヴァスも、ユーフィリアと同じように、今宵は早目に寝ることにし、警備の騎士の交替の時刻も早まったのかもしれない。そこを訪ねて、これまで伝えていなかった重大な事実を告げることにはかなりの勇気が必要だったが、黙ったままではやはり明日を迎えられない。

アルヴァスの決断によっては、明日の式も中止になるかもしれない覚悟をして、ユーフィリアは彼の部屋の扉を叩《たた》いた。

「誰だ？」

即座に飛んできた声に、寝る準備を進めているふうでもないことを知る。どくどくと胸を突き破ってしまいそうに心臓の音が大きくなっていたが、ユーフィリアは勇気をふり絞って声を発した。

「私です。ユーフィリアです」

「ユーフィリア？」

いぶかしげな声を発したアルヴァスが扉に近づいてくる気配がした。一歩後退《あとずさ》ったユーフィリアの前で、重い扉が軋《きし》んだ音をたてて開かれる。

「どうした？」

扉を開きながら訊ねた彼は、ユーフィリアが夜着姿だと見ると、それを覆い隠すように腕を

くれる。

広げてすぐに部屋の中へ引きこんだ。

「そんな格好で……いったい……」

困惑しながらも、ユーフィリアの頬に涙の痕があることに気がついたのか、指で軽く拭ってくれる。

「とにかく……こちらへ」

居間の中央に置かれた、肘かけつきの大きな長椅子へと誘導された。ユーフィリアが素直に座ると、それまで彼が羽織っていた上着を脱いで、肩にかけてくれる。

「あ……」

隣に座ったアルヴァスに目を向けると、彼こそ夜着になってしまっており、ユーフィリアは目のやり場に困った。普段は騎士服姿しか見ないため、簡素なシャツとブリーチズだけの姿を目にしたのは、この城へ来た初日にユーフィリアの部屋に二人で閉じこめられたあの夜以来だ。

アルヴァスにとっても、夜着姿の自分はそういうふうに目に映ったのかと思うと、今さらながら、肩に羽織らされた上着を胸もとでかきあわせた。

ユーフィリアが背を丸めている間に、お茶を淹《い》れてくれたらしいアルヴァスが、長椅子の前のテーブルにそれを置く。

「どうぞ」

温かな湯気を上げている琥珀色《こはくいろ》の飲み物は、彼と同じように温かかった。

「…………」

そう考えただけで、涙が浮かんできそうになるユーフィリアを、手からお茶のカップを取り上げて、アルヴァスはゆっくりと抱きしめる。

「何があった？　姫……」

そういうふうに呼びかけられるのは、この国に着いたばかりの頃にお互いに名前で呼びあおうと誓った時以来で、その呼称が特に今は胸に痛い。

「……ではありません……」

嗚咽《おえつ》をこらえながら言葉を発したユーフィリアを、アルヴァスは胸に抱きこんだ。

「何だ？」

まだ大切なことを伝えていないのに、その胸に縋るのは卑怯《ひきょう》だと思いながらも、ユーフィリアはたくましい胸に頬を埋める。

「私は姫ではありません……っ」

「あー」

引《ひ》き攣《つ》ったような声で発した言葉を、アルヴァスは違ったふうに受け止めたらしく、彼の腕の中で深く俯《うつむ》いたユーフィリアの黄金色の頭を、優しく撫でてくれた。

「そうだったな……どうしたんだ、ユーフィリア？」

名前を言い直されても、ユーフィリアはなかなか口を開くことができない。これほど優しい声も、慈しみ深い腕も、決して失いたくないと自分の全てが訴えている。

それなのに、それらを失ってしまうかもしれない事実を、これから彼に告げなければならない。

喉の奥にこみ上げてくる熱いものを必死にこらえて、ユーフィリアは口を開いた。

「実は……アルヴァス様にお伝えしなければならないことがあります」

「なんだ？」

即座に問い返されても、ユーフィリアのほうはすぐには答えられない。溢れる涙をなんとか止めようとしながら、必死に口を開いている状態なのだ。

しばらく待っても言葉を発さないユーフィリアを、アルヴァスが急《せ》かせることはなかった。じっと待ってくれている。その優しさが胸に痛い。

「私では、アルヴァス様に必要なものを差し上げることができません。だから正式な結婚はなかったことに……花嫁には他の方を選ばれたほうがいいと思います……」

「突然……なんだ？」

アルヴァスが顔を上向けさせようとしたが、ユーフィリアは必死に抗《あらが》った。

「私では無理なのです。だから……！」

「おい。ユーフィリア」

顔を見て話をしたいと、アルヴァスが思ってくれていることはわかる。しかし上を向くことなどできるはずがない。溢れ出した涙が頬を濡らし、ユーフィリアはすっかり泣き顔になってしまっていた。その状態で彼と向きあうのは卑怯だと思う。

優しいアルヴァスは、泣いているユーフィリアに対し、無情な判断をすることはできないだろう。それが彼にとって不利益だとわかっていても、ユーフィリアの涙を止めるような決断しか口にしないだろう。

それはとても不幸なことで、だからこそなるべく平静を保って話をしたいと思っていたのに、ユーフィリアは自分が歯がゆくてならない。

(どうして泣くの……卑怯者《ひきょうもの》！)

決して顔は上げない覚悟で、そのまま話を続けた。

「今になって……本当に申し訳ありません。もっと早くにお話しするべきでした……そこまで考えが至らず、私が悪いのです……本当に……ごめんなさい……」

滔々《とうとう》と謝罪の言葉をくり返すユーフィリアに、アルヴァスが次第に苛立ちを募らせていることは、その声音と口調からよくわかる。

「いいからユーフィリア……まずはこっちを向いてくれないか？　話はそれからだ」

「いいえ、どうかこのままで……」

「それじゃ、あなたの本心が見えない！　くそっ」

肩から背中を包みこむようにまわされていた腕が、ふいに解かれたと思った次の瞬間には、二の腕を掴むようにして、それまでアルヴァスにもたれかかっていた身体を彼から引き離されていた。

「あ……」

つい顔を上げてしまったユーフィリアは、慌てて深く頭を垂れる。しかしその一瞬で、泣いていることはアルヴァスに知られてしまった。

「ユーフィリア？」

腕を掴んだ手から力が少し抜かれる。それでもその位置から、ユーフィリアを解放してはくれない。

「本当にどうしたんだ？　何があった？」

心配する色の濃い声に、ユーフィリアはゆるゆると首を左右に振った。

「何も……ただ私が、アルヴァス様に真実をお伝えしていなかっただけです……」

もうこの格好で話をするしかないと、ユーフィリアはそのまま言葉を続けた。寝る前だったので長い髪を解いており、それが少しは顔を隠してくれることが幸いだ。それはまるで、顔の前にまで垂らした髪で人相を隠すことを兄に強要されていた、あの日々に戻ったかのようだった。

「私は、ロズモンド王国の王女ではありません。その地位は先代の国王だった父が亡くなった時に剥奪されました」

「…………え？」

驚いたように発された声を聞く限り、やはりアルヴァスはその事実を知らなかったようだ。取り返しのつかないことになる前に、なんとかこうして告白が間にあい、ユーフィリアは大きく息を吐く。しかしその胸が、何か鋭いもので切り裂かれたかのように痛いことには変わりない。

「ですから私を花嫁にお迎えになっても、アルヴァス様は王族に名を連ねることはできません。申し訳ありません。私では無理なのです……」

「ちょっと……待ってくれ……」

アルヴァスは制止しようとしたが、ユーフィリアはそのまま話を続ける。

「だからどうか、花嫁には他の方を……別の国の王女でも、国内でも有数の名家の令嬢でも……そのほうがきっと……」

「待てと言っているだろう！」

「──────！」

突然の叫びに、ユーフィリアがびくっと身体を震わせたことはその腕を掴んでいるアルヴァスにも伝わったらしく、厳しい声音はすぐに弱められた。

「いや、すまない……」

しかしその口調は、何にも揺らぐことはないかのようにきっぱりとしている。

「だがあなたの訴えは受け入れられない。俺はあなたと結婚する」

「………！」

その宣言には胸を打たれるものがあったが、ユーフィリアはまたゆるゆると頭を左右に振った。

「だめです……それではアルヴァス様は、必要なものを手に入れることができません」

「必要なもの？　そんなものはない。俺が欲しいと思っているのはユーフィリア……あなただ」

胸に染み入るような声が、言葉が――心に痛い。それでもユーフィリアは、首を縦に振ることができない。

「私ではだめです。私では何も……」

「俺が欲しいのは、あなただと言っている」

意図的に引き離されていた身体を今度は強く引き寄せられ、胸に抱きしめられた。広くてたくましく、どこよりも安心できるその場所に、もう一度帰ってこられたことは胸が震えるような幸せであるのに、ユーフィリアはもう素直に頬を寄せることができない。

腕から逃れようと暴れる身体を、いっそう強く抱きしめることで抵抗を封じられ、背けようとする顔に頬を寄せられた。

（あ……）

身構える間もなく、奪うように唇を重ねられた。それはまるでそれ以上ユーフィリアに、心にもない言葉を言わせまいとするかのように、首を振っても逃れることはできず、どこまでもあとを追ってくる。

「んっ……んう……っ」

彼とこういうふうに唇を重ねることを、そっと想像してみたことはこれまでにもあった。それはもし何もなかったならば、明日の結婚式で永遠に添い遂げる証《あかし》として、大聖堂の列席者の前で交わされるはずだったもので、ユーフィリアはひそかに期待に胸を膨らませてもいた。

決してこういうふうに、強引に口を塞ぐ手段として為《な》されるはずのものではなかった。

それなのに、重なる部分から伝わってくる熱が、彼の息遣いが、頭がくらくらするほどにユーフィリアの思考と身体を熱くさせる。

「んんっ……っ、う……っん」

アルヴァスの花嫁にはなれないと自覚した今、こういう行為を受け入れてはいけないとわかるのに、抱きしめられている腕も、厚い胸も、熱を帯びた唇も、押し返すことはできなかった。

執拗《しつよう》に重ねられる唇から流れこんでくるように感じるのは、彼の強い想《おも》いだ。それは何にも変えられることはないと証明するかのように、熱い唇がユーフィリアの呼吸も、自由も、彼を退けようとする意志も奪う。

「ん、ふうっ……は、あ……っ」

時折わずかに解放されるたび、艶《なま》めかしい声が唇の端から漏れた。それに煽《あお》られるように、また激しく唇を重ねてくる彼を、いつしかユーフィリアも受け止め、受け入れ、同じように彼を求めてしまっている。

「あっ……は……っん」

お互いを貪るように、舌を絡め、求めあった。いったいどこまでが自分でどこからが彼なのか、わからなくなるほどに口腔内を蹂躙《じゅうりん》され、痺《しび》れたように何も考えられなくなった頭で、夜着を脱がされようとしていることをぼんやりと認識する。

「んっ……は、あ……」

肩から滑り落とされ、腕から抜かれようとするのを、自ら手助けしている自覚はなかった。しかし同じようにシャツを脱いだアルヴァスに抱きしめ直され、素肌に素肌の感触を覚えると、すっと熱が引くように我に返る。

「え？　……あ……っ」

胸の膨らみを厚い胸板に押しつぶされるようにして、いつの間にかアルヴァスと半裸で抱きあっていたことを自覚すると、ユーフィリアは必死にその腕から逃れようとした。

「だめ！　だめです……こんなっ！」

しかしもとの体格差が大きく、力で抗えたことはこれまでにも一度もないのだ。逃れられるはずがない。

「わかっている。もちろん俺も、明日の式を終えてからと思っていた。以前約束したように、あなたの意志もちゃんと確認して……だが……もう俺の話は聞いてくれないだろう？」

「え？」

たくましい腕の中に華奢《きゃしゃ》な身体を抱きしめ直されながら、ユーフィリアは涙に濡れた瞳を瞬かせる。

「欲しいのはどこかの国の王女などではない。誰にでも胸を張れる身分でもない……あなただという俺の主張は、受け入れてもらえないのだろう？」

「あ……」

「言葉を連ねるのは苦手だ。相手を説得する話術なども持ちあわせていない。俺にできるのはただ自分の心のままに、行動することだけだ……」

アルヴァスの顔が上から下りてくるように近づき、ユーフィリアはつられるように目を閉じてしまった。重ねられた唇が、愛《いと》おしむようにユーフィリアの唇の上を滑り、軽く啄《ついば》んで、また離れていく。それと同じように、剥《む》き出《だ》しにされた背中をたどるてのひらの感触にも、思わずそのまま身を委ねてしまいそうになる。

「俺はあなたと結婚する。何があってもそれをやめたりなどしない。あなたが欲しいから……どうしても欲しいから……」

言葉を身体に刻むように、大きく背中を撫でていた手が身体の前面にまわり、ユーフィリアの胸の膨らみに触れてくる。誰にも触らせたことなどない、見せたこともない初々しい果実を大きな手の中で慈しむように撫でられながら、また唇を重ねられた。

「んんっ……ん」

「愛している、ユーフィリア……」

唇の上に言葉を乗せるようにして囁きかけられ、薄く閉じていたユーフィリアの瞳から涙が一筋流れ落ちた。

「アルヴァス様……っん」

「あとたった一日が待てない愚か者だと……ファビアンには罵《ののし》られるな」

胸の膨らみに触れていた手がわき腹を下り、腰のあたりでたまっていたユーフィリアの夜着をさらに引き下げる。背中にまわしたままの手で身体を支えられ、素肌を包む柔らかな夜着は、全てアルヴァスの手によってユーフィリアから取り払われてしまった。

ほっそりとした脚を包むドロワーズも、するすると脱がされていき、一糸まとわぬ姿に剥《む》かれたユーフィリアは、アルヴァスの腕に抱きしめられる。

「あなたを奪うよ……いいか?」

月光を背中から浴びた魅惑的な表情で、強い意志を感じさせるような眼差しをじっと注がれ、ユーフィリアが抗えるはずはない。

返事の代わりに腕を伸ばし、その首にまわして縋るように抱きつくと、ふわりと身体を抱き

上げられた。

「大切にする。何があっても放さない……何からも俺が守ってみせる」

耳もとで囁かれる言葉は、本来ならば明日、神の前で永遠の愛を誓ったあと、言ってくれるつもりだった言葉かもしれない。それを自分のせいで、一日早く言わせてしまうことになったと申し訳なく思いながらも、ユーフィリアはもう突っぱねることはできなかった。

アルヴァスが語ってくれたのと同じだ。どれだけ言葉で拒んでも、それを嬉しく思っていることは態度でわかってしまう。表情で、仕草で漏れてしまう――。

だからユーフィリアも自分の気持ちに正直に、行動することにする。

「好きです……アルヴァス様……」

半ばその首に縋るような格好になってしまいながら、ようやく告げた本当の気持ちに、アルヴァスは深く息を吐き、心に染み入るような声で答えてくれた。

「俺も好きだ、ユーフィリア……だからその気持ち以外のことは何も考えず、俺の花嫁になってくれ……あとのことは全て俺がどうにかする。あなたを悩ませることは全て解決してみせるから……どうか今は、俺のことだけを考えて……」

「はい……は、い……っ」

涙ながらに頷いたユーフィリアを、居間の隣の寝室にある寝台へと運びながら、アルヴァスはもう一度念を押した。

「愛している、ユーフィリア」

「はい、私も……愛しています」

その愛をさらに確かめあうべく、白いシーツが敷かれた寝台の上に、二人は倒れこんだ。


「あっ、あっ、あ……」

呼吸は荒く、肩が大きく上下するのと同時に唇から漏れだす声が、熱く、艶めかしい。シーツの上で細い身体をくねらせながら、ユーフィリアはその声をまるで自分のものではないかのように聞いていた。

裸になった身体の上に、同じように裸のアルヴァスの身体を重ねられ、大きな手で胸に愛撫《あいぶ》を受けている。その動きは緩やかで、決してユーフィリアを追いつめるようなものではないのに、身体がとても熱くなり、荒ぶる息をこらえきれない。

「やっ、あっ……あ」

胸の膨らみを下から持ち上げるようにして揉《も》まれ、その頂点で赤く色づいている蕾《つぼみ》を指先でくすぐられるたびに、腰のあたりに痺れるような感覚が走った。

「やめ……あっ、や……」

もうやめてほしいと思うのに、もっと続けてほしいとも思う。もたらされる甘美な刺激が、自分をこれまでとはまったく違うものに作り変えてしまうかのような不安もあった。

甘い喘《あえ》ぎをくり返すユーフィリアの上で、アルヴァスはもう一つの胸の膨らみの頂点に唇を寄せている。反対の胸への刺激と、彼と素肌を重ねている緊張で、すでに硬く尖《とが》ってしまっている蕾のすぐ横に唇はあるのに、触れるか触れないかの位置から動いてくれない。

熱い唇と舌でその場所に触れられれば、どれほど甘美な刺激を享受できるかと、先ほどから何度も彼と唇を重ね、舌を絡めたユーフィリアにはもう予想がついてしまっているのに、その刺激はいつまでも与えられなかった。

熱い息を吹きかけられながら、想像だけに浸されている時間があまりに長く、頭がどうにかなってしまいそうだ。

「あんっ、あっ……あっ」

激しく身体を揺らし、そこを自分から彼の唇に押しつけてしまいそうになる。今にも泣き出しそうな声を上げ、切なげに表情を歪めるユーフィリアの顔を見つめながら、アルヴァスがようやく蕾に舌を伸ばしてきた。

「あうっ、んっう……やあ、っ、ああぁ……っ」

思っていた以上の刺激にびくびくと跳ねる身体を押さえつけられ、執拗に蕾を嬲《なぶ》られる。何度も舐《な》められ、口に含んで吸い上げられ、軽く歯を立てて舌で転がされた。

「はうっ、うんっ……あ、や、ああっ……や、あっ……」

妄《みだ》りがましい声を上げることなど、恥ずかしくて嫌なのに、どうしてもこらえきれない。まるでユーフィリアに声を上げさせようとするかのように、アルヴァスは丹念にその場所ばかりを責めてくる。

「やんっ、だめ……もうっ……も、やあっ……」

首を振って悶《もだ》えるユーフィリアを、胸に顔を伏せた位置から見上げ、アルヴァスはゆっくりと口を開いた。

「じゃあもっと下がるぞ」

蕾に囁《ささや》きかけるようにして話され、その刺激にユーフィリアが身を捩《よじ》らせているうちに、アルヴァスは本当にもっと下の位置へ移動してしまう。

「え？　あ……」

両脚の膝に手をかけられたと思った時には、もうそれを大きく開かされていた。

「きゃあっ」

慌てて脚を閉じようとするユーフィリアをなんなく制して、ほっそりとした脚は彼の目の前で信じられないほど大きく開かされる。

「あ……だめ！　見てはだめです！」

あられもない場所まですっかりアルヴァスに晒《さら》してしまっていると、慌てて隠すために伸ばした手は、二つまとめて手首を掴まれ、彼の大きな手に握られてしまった。

「ゆっくり見ている余裕は俺にもないから、見るなと言われれば今日のところはあなたに従っておくが……」

呟《つぶや》きながらユーフィリアの脚の間に身体を入れてきたアルヴァスは、あろうことかその身体の中心に頭を下げた。

「こうされるのは、いいのか？」

何の前触れもなく、もっとも恥ずかしい場所に口づけを落とされ、ユーフィリアは大きく腰を跳ねさせた。

「ああぁっ！　んっ……ン……だめ！　だめです……っう」

逃げようとした腰を片手で掴まれ、彼の顔の前に引き戻される。薄い繁《しげ》みに包まれた秘めたる場所に高い鼻を埋めるようにして、アルヴァスは舌を伸ばしてくる。

「大丈夫だ。しっかり濡れている……俺を受け入れる準備を、あなたの身体はちゃんとしている」

確かに彼と唇を重ねたあたりから、ユーフィリアはその部分に違和感を覚えていたが、それは恥ずかしいことだと思っていた。服を脱がされたり肌に触れられたりするたびに、身体の奥から何か熱いものが流れだしてくるように感じるなど、淑女としてあるまじき反応だとひそかに恥じていた。

だからその場所をアルヴァスの前に晒すのも、恥ずかしくてたまらなかったのに、あろうことか彼は顔を埋めてしまった。何か知らないもので濡れているのを舌で舐められ、未開の場所を拓《ひら》くように唇を当てられ、ユーフィリアは頭がどうにかなってしまいそうになる。

「やっ……だめ……そんなところ、汚……っ」

「汚くなどない。あなたはどこも綺麗だ」

身体の奥から溢れてくるものを啜《すす》るように、唇をつけられ、その部分を強く吸い上げられた。

「ああっ！　ああ、んっ……いやっ……！」

どれだけ身を捩っても、拘束されている両手も、掴まれている腰も、アルヴァスの手をまったくふり解《ほど》けない。逃げられない格好に押さえこまれ、まるでユーフィリアの胎内から溢れてくるものを全て搾取するかのように、何度もその場所を舐められ、吸われて、舌で割り開かれる。

「やっ……ああんっ……あっ、あっ……」

胸の頂点を刺激された時以上に、その場所に受ける刺激は強くて甘美だと、すぐに理解できた。恥ずかしくてもう嫌だと思うのに、身体の奥からは熱いものが次から次へと溢れてくる。

腰がぐずぐずに溶けてしまいそうで、下半身にまったく力が入らないのに、アルヴァスの舌が艶めかしく動くたびに、ユーフィリアの華奢な身体はびくびく跳ねる。

「やんっ、だめ……っ……あっ……ああっ！　だめぇぇ……っ！」

まるで動物に舐めまわされているかのように、恥ずかしい場所を唇と舌でぐちゃぐちゃに愛撫され、ユーフィリアは追いつめられたような声を上げて背中を大きく反《そ》らせた。

「あっ、ああああっ！」

身体の中心を駆け抜けていくかのような、強烈な感覚があった。アルヴァスに蹂躙されている場所から、それはユーフィリアの中心を貫いて、頭の先にまで抜けていったように感じた。

「ああああっ……あっ……あっ」

胎内にかすかに彼の舌を受け入れた場所が、信じられないほどに熱くなり、どくどくと大きく脈打っていることがわかる。身体の奥からは恥ずかしい蜜がこれまで以上にどっと湧き出し、それを舐めとるように、アルヴァスが口をつけて啜っているふうなのが刺激的だった。

「やっ、あ……やめて……あっ」

激しい収縮はまだ収まらず、本当に自分の身体が違うものになってしまったかのような不安を感じる。

ぴくぴくと痙攣《けいれん》する場所に顔を埋めていたアルヴァスがようやくそこから顔を上げ、全身から力が抜けて寝台の上にぐったりと横たわるユーフィリアの上に、身体を重ね直してきた。

「悪い、加減ができない……ずっとこの腕に抱きたいと思っていたあなたを、ようやくこうして組み敷いて、とても冷静ではいられない」

熱っぽい眼差しでそう語ったアルヴァスは、奪うように唇を重ねた。

「んっ……んんっ」

大きな音を鳴らして唇を離したアルヴァスは、ユーフィリアの身体を抱きしめ、今まで顔を埋めていた場所に、今度は手を伸ばす。

「熱い……そして蕩《とろ》けそうに柔らかい……もっと、もっと……俺のものにしたい」

熱い息を吐きながら切れ切れに耳もとで話され、まだ甘い余韻を残すその場所に、長い指が触れてきた。先ほど舌を少し入れられた窪《くぼ》みに、アルヴァスの長い指がゆっくりと押し入ってくる。

「あっ！　あ……あぁっ……」

慣れない感覚に、ユーフィリアはアルヴァスの背中に腕をまわして抱きついた。宥めるようにその背を撫《な》でながら、それでもアルヴァスはユーフィリアの胎内を奥へと進む指を止めてはくれない。

「やっ、あっ……ああっ……」

ゆっくりと指を出し入れされ、ユーフィリアは声を上げてアルヴァスに縋った。その身体を抱きしめながら、身体の奥を穿《うが》つ指がもう一本増やされる。

「や、あ……だめ……っ」

数が増えたことで容量を増した指は、ユーフィリアの胎内をかきわけるようにして奥へと進む。もっとも深い部分に突き当たると、ゆっくりと抜け出て、そこからまた奥に押し入ってと、まるでまだ誰も足を踏み入れたことのない森の奥に道筋をつけるように、何度もその行為をくり返す。

「いや……あ……ああんっ……」

拒絶するような言葉ばかりではなく、ユーフィリアの声に鼻にかかったような甘えた声が混じり始めると、指はさらに三本に増やされた。

自分でもそこがどういう作りになっているのかはわからないが、今、限界までアルヴァスの指で埋め尽くされていることはわかる。かなりの存在感を持つ指が、身体の奥まで押し入ってまた抜け出るのは、頭まで響くような大きな刺激だった。

「あ……ああっ……」

指を抜き差しながら、その上にある小さな突起まで親指の腹でくるくると捏《こ》ねるように潰されるので、あまり苦しさは感じない。それどころか三本もの指を身体にねじこまれているのに、さっきその場所に口づけられた時に上りつめた場所へ、また押し上げられてしまいそうな感覚がある。

「あっ、あっ、あぁ……っ」

濡れた啼《な》き声を上げるユーフィリアは、何度もその行為をくり返され、身体の奥に快感を刻まれていった。

「やっ……ああんっ……あっ、ああっ」

次第に高くなる声に呼応して、アルヴァスの指の動きは速くなり、突起を押しつぶされながら身体の奥に指を受け入れて、ユーフィリアはまた身体を大きく突っ張らせる。

「あああっ、あ、あ——っ」

びくびくと膣《ちつ》の奥が痙攣《けいれん》するのが、一度目以上にまざまざとわかった。胎内に入ったままのアルヴァスの指を激しく締めつけているせいで、そう意識しただけでまた身体の奥から熱い蜜が湧いてくるのを感じるのに、彼はふいにその指を抜いてしまう。

「……え？　……あ」

いったいどうしたのだろうと考える間もなく、入り口に熱いものがあてがわれたことがわかった。それは指とは比べものにならない太さで、まさかという思いで瞳を見開くユーフィリアは、アルヴァスに身体を抱きしめ直される。

「ユーフィリア……」

半開きになっていた唇を舐められるのと同時に、まだ快感の余韻に震えている熱い粘膜を、太くて固いものが割った。

「あっ！　ああっ！」

入り口をいっぱいに引き伸ばされても、受け入れられそうにないほどそれは大きく、胎内に取りこむことなどとても無理だとユーフィリアは首を振るのに、アルヴァスは待ってくれない。

慣らすように小刻みに出し入れをくり返しながら、ゆっくりと確実にユーフィリアの胎内に押し入ってくる。

「ああっ、あ……あっ」

大きな声を上げることで、必死に痛みを逸《そ》らした。舌や指の時には感じなかった痛みが、そこには確かにある。しかしそれを受け入れられなければ、本当の意味でアルヴァスを受け入れることもできないのだと、ユーフィリアは歯を食いしばる。

それを解《ほぐ》そうとするかのように、アルヴァスの唇がもう一度重なってきた。

「ユーフィリア……力を抜いて……」

唇の上を滑る言葉に、食いしばっていた歯を緩めると、するりと口の中に彼の舌が入ってくる。

「んっ、ふ……うんっ」

熱い舌と舌を絡ませる行為が、とても官能的で心地いいことは、ユーフィリアももう知っていた。言われるままに力を抜き、必死にアルヴァスに応えていると、自然と身体からも力が抜ける。

「んんっ……っう……っあ」

意識を集中しすぎていた時より下半身からも力が抜け、アルヴァスの前に自然に身体を投げ出すことになった。

これまで何も受け入れたことのなかった場所に、指よりさらに大きなものを受け入れさせられる圧迫感はあったが、とても無理だと拒絶するような思いは、もう消えた。

その間にアルヴァスがユーフィリアの身体を丁寧に拓《ひら》き、彼はもうかなり深い位置まで進んでいる。

あと少しで全て彼に埋め尽くされるという安堵から、その背に腕をまわしたユーフィリアの身体をもう一度抱きしめ直し、アルヴァスは最奥まで腰を進めた。

「ああっ！　あ……ぁ」

かすかに背を反らせて、身体のもっとも深い部分で彼を受け止めたユーフィリアの眦《まなじり》からは、また涙が一筋流れ落ちる。

それに唇を寄せながら、アルヴァスが感極まった声で呟いた。

「俺のものだ、ユーフィリア……絶対放さない」

「……はい……っん」

答えを身体でも表すかのように、彼のものを抱き止めた柔襞が大きく伸縮し、強い締めつけを何度もくり返していることがユーフィリアにもわかる。

刺激に耐えるように軽い呻《うめ》きを漏らしたアルヴァスが、最奥に突き入れていたものを大きく引き抜き、またゆっくりとユーフィリアの胎内に埋めてきた。

「あああっ、あぁ……っ」

まだかすかな痛みは残っていたが、そうされると自分は本当に彼のものになったのだということをいっそう実感させられる。何度も、何度も——印を刻むかのようなその行為を、くり返される。

「ああ……あ、あっ……」

これほど濃厚な交わりは、彼とでなければできない。したくない。それは逆も言えることで、他の誰かがアルヴァスとこういう関係を持つなど、ユーフィリアは想像もしたくなかった。

それなのに、その権利を自ら放棄しようとしたのだ。手放してしまおうとした。

頑《かたく》なな自分に呆れることなく、アルヴァスが決して手を離さないでいてくれたことを、今さらのように嬉しく思う。

「んっ……あ、あっ……」

甘い啼き声を上げながらも、はらはらと涙を零《こぼ》し始めたユーフィリアを気遣い、アルヴァスが声をかけてきた。

「どうした？　辛いか？」

決してそういうことはなく、こうして彼と一つになれたことが嬉しいのだと、伝えるためにユーフィリアはアルヴァスの腕の中で背を伸ばし、その唇に自分の唇を押しつける。

「ユーフィリア……」

思いがけない行為に、感極まったような声を出したアルヴァスが、きつく身体を抱きしめ直し、その熱い思いをぶつけるようにユーフィリアの胎内を大きく穿ち始めた。

「必ず幸せにするから」

「は、いっ……あっ……あ」

「何からも守る。問題は必ず俺が解決してみせる」

「は……あっ、ああっ」

くり返される誓いに、ユーフィリアも一つずつ答えを返したいのに、とてもそうはできない。アルヴァスの動きによって身体の奥にもたらされる刺激があまりに強すぎて、そして甘美で——喉からはひっきりなしに甘い啼き声ばかりが漏れ、言葉が言葉になってくれない。

「誰にも渡さない。俺のものだ……俺だけのものだ……」

「あっ、あんっ……あぁぁ……っ」

がくがくと身体が寝台の上で上下するほどに揺さぶられ、蜜壺の最奥を抉《えぐ》られて、その想いを行為で示すかのように、ユーフィリアの胎内のもっとも深い部分でアルヴァスのものが大きく膨らむ。

「愛している、ユーフィリア」

言葉と共に奥壁に打ちつけるように、身体の奥で熱い飛沫《しぶき》が迸《ほとばし》り、その刺激にユーフィリアも、また快感を極めた。

「ああんっ！　あ、あぁ……っ」

どくどくと大きく脈打つ胎内が、吐精を続けるアルヴァスのものにそれをさらに促すかのように巻きつき、強く締めつける。痺れたようにもう感覚がない身体の奥に、熱いものが注がれ、奥まで広がっていく感触だけはあり、これを望んで自分の身体はこれまでも切ない収縮をくり返していたのだと、ユーフィリアは理解した。

「ああっ……あ……あぁ……」

その場所に受け入れ、他の誰とも想像できない深い繋がり方をしたのが、本当にアルヴァスでよかったとユーフィリアは感慨に耽《ふけ》る。

その想いを彼に伝えなければと、からからに乾いた唇を舐めてから、声を発した。

「愛しています、アルヴァス様……」

その時、自分がどういう顔をしていたのかなど、ユーフィリアにはわかるはずがない。しかしあとになってアルヴァスが何度も主張したように、よほど彼への想いをあらわにした、幸せそうな顔をしていたのだろう。

ユーフィリアの胎内に欲望を吐き出し、もうすっかり落ち着いていたはずの彼のものが、身体の奥でまたむくむくとその大きさと硬度を取り戻していくのを、ユーフィリアはまざまざと実感する。

「え？　……待って……あ」

懇願するように呟いた時にはもう遅い。ユーフィリアに体重をかけないように、かすかに身体をずらして寝台に顔を突っ伏していたはずのアルヴァスが、細い腰を掴み直し、ユーフィリアの胎内からの彼のものを大きく引き抜いた。

「待って……あっ！　ああんっ！」

腰を打ちつけるようにまた最奥まで刺し貫かれ、ユーフィリアは甘い悲鳴を上げる。

「やっ……やっ、あんっ、あっ……ああっ」

「あなたがいけない。あんな誘うような顔で、あんなことを言われたら……初めてで辛いだろうとわかっているのに、もっと求めてしまいたくなる」

がくがくと身体を揺らされながら、ユーフィリアは必死に言葉を紡いだ。

「私……そんなつもりじゃ……あっ、あっ」

「だろうな。でももうだめだ……本音を言えば俺は、温かくて柔らかなあなたの胎内から出たくない……もっとずっと繋《つな》がっていたい」

「でも……っ、んっ……ああっ」

この様子では、たとえもう一度ユーフィリアの胎内で果てても、それでもまだアルヴァスは放してくれそうにない。明日は結婚式で、早目に起こしにくるとシルビアが言っていたことを思い出すと、ユーフィリアは全身から冷汗が噴き出るような思いだった。

「アルヴァス……様っ……んんっ……今日はもう……っ」

できれば解放してほしいと願うのに、耳を貸してもらえない。

ユーフィリアの奥を深く穿ちながら、少し余裕を取り戻した声音で、アルヴァスは悠々と語る。

「大丈夫だ。そのうち解放する。たぶん……いや、きっと……？」

本人でさえ首を傾げてしまうような決意に、安心して身を任せることなどできない。ユーフィリアは必死に懇願する。

「お願……ああっ……んっ……お願、ですから……ぁ……」

「そういうふうに言われると、もっと啼かせたくなるな……ほら」

腰を掴んでぐいっと奥まで押し入られ、ユーフィリアは悲鳴を上げた。

「や……あああんっ……やぁ……あっ」

「甘くて淫らな啼き声を、もっと聞かせてくれ……可愛いユーフィリア」

「やんっ……あっ、あっ」

結局その夜遅くまで、ユーフィリアがアルヴァスの淫らな責めから解放されることはなかった。

第四章

翌日、ユーフィリアとアルヴァスの結婚式は予定を変更されることなく、時間どおりにおこなわれた。

式場となる帝都中央の大聖堂まで、花嫁を運ぶ箱馬車に同乗したシルビアは、ユーフィリアの顔の横に垂らしたヴェールが彼女の美しさをもっと際立たせるよう、向きを微妙に調節することに余念がなく、熱心に働きながらも、小声でずっとぶつぶつ言っている。

「一生に一度の大切な日なので、朝からしっかりと準備ができるよう、昨夜は早目にお休みいただいたし、今日も早くお起こしするつもりだったのに……」

それが予定どおりにいかず、今になってもまだ着つけの微調整をおこなってくれている状態に、ユーフィリアは責任を感じて頭を下げる。

「本当にごめんなさい……」

「姫様が謝られることではありません！　何もかもあの男が……！」

シルビアが痛烈に批判しているのはこの国の頂点に立つ人物であり、これからユーフィリアの夫となるアルヴァスだ。本来ならばそういう罵《ののし》りは決して口に出せないはずなのに、彼と昔馴染みであるため、シルビアには容赦がない。

「今日が終わってからだったら、何も文句はなかったのに……！　いえ、姫様が無体な目に遭うのじゃないかと心配する気持ちはもちろんありますが！　できればこれまでと同じように、いっそ永遠に保護者のように見守り続けて、煩悩に苛《さいな》まれてせいぜい苦しめばいいという気持ちもありますが！　それでも式が終わったら、最低限の心構えはお話しして、ちゃんと今宵《こよい》に備えてさしあげるつもりでしたのに……それを、あとたった一日を待てずにあの男が……！」

　これ以上黙って聞いていると、恥ずかしくて顔を覆ってしまいたくなるようなことを大声で叫ばれるかもしれない危険を察知し、ユーフィリアは急いでシルビアに呼びかけた。

「シルビア、落ち着いて！　大聖堂がもう見えてきたわ……ほら！」

　窓の外を指さすユーフィリアの動作に従って、視線を馬車の行き先に向け、シルビアは口よりも手を動かすほうに集中を戻す。

「大丈夫です！　絶対間にあいます……いえ、間にあわせます！」

　その声音が、頼りになる傍仕《そばづか》えであるいつもの彼女に戻ったように感じ、ユーフィリアはほっと息を吐いた。

「ええ、ありがとう……頼りにしているわ」

「姫様……！」

感極まったように叫ぶシルビアとユーフィリアを乗せた四頭立ての箱馬車は、滑るように大聖堂の裏口へとたどり着いた。


同じ頃、その大聖堂の巨大な身廊の、中ほどにある祭壇の前に立ったアルヴァスは、傍らに立つファビアンから刺すような視線を向けられていた。

「それで……？　どうして今日の式を待たずに手を出した？」

服装を整える侍女たちに周りを囲まれ、祭典や式典の際に袖を通す大礼用の騎士服の上に大綬《たいじゅ》をかけ、勲章《くんしょう》を並べ、飾緒《しょくちょ》を飾り、これ以上ないほどの盛装に窮屈そうな顔をしたアルヴァスは、悪びれもせずに頭を掻く。

「あー……成り行き？」

瞬間、美麗な顔を崩してファビアンがくわっと目を剥いた。

「そんな軽々しい理由で順序を逆にするな！　すべては今日の式が終わってからと先に決めたのはお前だろう！」

白い頬を紅潮させて怒り続けるファビアンから視線を上向け、アルヴァスは目を細めて、大きな丸天井の奥に掲げられたステンドグラスの薔薇窓を見上げながら、鷹揚《おうよう》に語る。

「まあそうだが……何をひっくり返してでも、守りたいものがあるんだよ……独り身のお前にはわからんだろうが」

「勝手にしろ！」

長い上着の裾を翻らせて去っていくファビアンの後ろ姿を笑って見送り、聖堂の入り口に視線を向けたところで、同じ顔をしたシルビアが滑るように扉の隙間を抜けて堂内へと入ってきた。

「ユーフィリア様の準備が整いました」

アルヴァスに対しては、決してにこりともすることのない彼女は、手先が器用で知識も良識も持ちあわせている才女だ。ファビアンの双子の妹なので当然家柄もよく、そのシルビアがユーフィリアにすっかり入れあげて、世話に励んでくれることはアルヴァスにとっても喜びだった。

「ああ」

身体ごとそちらに向き直り、花嫁を待つ態勢になると、それまで堂内に響き渡っていた話し声がぴたりと止《や》む。

入り口から祭壇前まで続く長い通路を隔てて、左右に広がる列席に肩を並べているのは、ヴィスタリア帝国の宮廷を支える高位の騎士たちだ。同じ騎士服に身を包み、胸に勲章を並べた屈強な男たちがひしめきあう光景は、およそ他国の結婚式では見ることのないものだろう。

いずれ劣らぬ猛者たちの中を、歩いてここまで来なければならないユーフィリアのことを思えば、心配な気持ちが大きくなるが、迎えに行くことはできない。

ドレスの裾を長く引いて赤い絨毯の上を、祭壇の前で待つ花婿のもとまで花嫁が一人で進むのが結婚式の習わしだ。

聖堂の外から式の始まりを告げる金管楽器の高らかな音色が響き、扉の内側に控えた騎士たちによって、両手開きの大きな扉が厳《おごそ》かに開かれる。

光が乏しい堂内に、突然射《さ》しこんだ日光の眩しさに、アルヴァスも思わず目を細めたが、扉の半分ほども身長がない小柄な人影を、一生忘れないように瞼《まぶた》の裏に焼きつけておこうと、必死に目を凝らした。

「…………！」

我知らず、思わず感嘆の息が漏れた。一斉に自分に集まった視線に戸惑うそぶりを見せながらも、意を決したように静々と歩み始めたユーフィリアは、この世のものとは思えないほどに美しく、愛らしかった。

首の細さと鎖骨の美しさを強調したようなデザインのドレスは、アルヴァスが自ら発注したものだ。女性の服装になどこれまでまったく興味はなかったが、ユーフィリアの美しさをより引き立てるにはと、いつの間にか仕立て屋にかなりの注文をつけていた。思ったとおり、華奢な中にも女性らしい丸みを持つユーフィリアの肢体が、白い光沢を放つ豪奢《ごうしゃ》なドレスの中で、まるで女神のようにしなやかに輝いて見える。

「まいったな……」

つい呟きを漏らすアルヴァスを諌《いさ》めるように、祭壇の向こうの司祭がごほんと咳《せき》ばらいをしたが、だんだんこちらへ近づいてくるユーフィリアから片時も目を離せない。

純白の衣装はまるで彼女のためにある色のように、白い肌をいっそう透きとおるように見せていた。長い金色の髪の上に垂らされたヴェールも白。ところどころに散らされた小花を模した刺繍《ししゅう》が、少女から大人の女性になりかけたばかりのユーフィリアの初々しさを表しているようで、実に愛らしい。

普段より濃い目の紅を唇に引き、白い頬を赤くしているのも化粧のせいなのだろうが、一瞬こちらに目を向けて、慌ててまた目を伏せたあとの紅顔は、決してそれだけの理由からではないとわかる。

「あ……」

目をあわせた瞬間に、自分だけしか知りようのない昨夜の艶めいた表情を思い出し、アルヴァス自身も頬が熱くなるのを感じた。

歴戦の覇者。常勝の騎士。戦に出れば負け知らずと謳《うた》われる『雷帝』が、まるで初めて恋を知った少年のように、頬を染めて花嫁を待つ——。

そういう状況は、ユーフィリアをロズモンド王国から連れ去ると決めた時には想像もしていなかったことだ。王国の姫でありながら、どうやら不遇な環境にいるらしい彼女が気の毒で、そこから救い出してやりたい一心で帝国へ連れ帰った。

それが名目だけではなく本当の花嫁として、式も挙げて大々的に公表すると決めたのはいったいいつのことだったのだろう。

（ああ、そうか……その眼差しに気がついたからだ……そして「ここで幸せになってくればいい」のではなく、「俺が幸せにしたい」と自覚したからだ……）

溢れんばかりの想いがこもった目で自分をまっすぐに見つめるユーフィリアが、すぐ目の前に立ったのを合図に、白い手袋に包まれたその手をアルヴァスはゆっくりと取った。

「待っていた。ユーフィリア」

「はい」

その宝石のような瞳に映る自分自身も、彼女に負けないほどに愛情に溢《あふ》れた顔をしている自覚は、アルヴァスにもあった。

馬車を下り、シルビアと共に裏口から大聖堂へ入ったユーフィリアは、そこでドレスの最後の調整を済ませると、いったん建物の外へ出た。

式の始まりと共に、聖堂の扉が開いて花嫁が姿を現すのが正しいしきたりだからだそうで、そのために多くの人が集まっている聖堂前で、その時を待たなければならない。

付き添ってくれるシルビア以外にも、護衛の騎士が数人ユーフィリアを取り囲んでいた。その向こうからでも、声をかけてくる者たちがあとを絶たない。

「おめでとう、お姫様！」

「こっちを向いてください！」

「顔を見せてー！」

結婚を祝うために集まってくれた人々なので、その要望にはなるべく応えたいが、視線をめぐらしてもその終わりが見えないほど人垣は大きく、とてもすべてに応えられそうにはない。

「あの……ありがとう」

せめてもとユーフィリアが頭を下げてみせると、割れんばかりの大歓声が上がった。

「皇妃殿下、ばんざーい！」

「ヴィスタリア帝国、ばんざーい！」

そのまま祝勝会でも始まってしまいそうな盛り上がりに、シルビアが苦笑してユーフィリアの背中を押す。

「そろそろですよ、あまり緊張なさらずに、いつものようにまっすぐ歩くだけです」

「周りに目を向けると絶対に恐怖が勝るので、ご自分の足もとを見ながら一歩ずつ進まれることをお勧めします」

シルビアの声によく似た声が重なったと思ったら、いつの間にかファビアンもそこに並んでいた。

「ありがとうございます……」

同じ顔をした双子に見送られ、ユーフィリアは一歩を踏み出す。

長い金管楽器を携えて聖堂の出入り口の両脇に立っていた騎士たちが、高らかな音楽を吹き鳴らした。

その音に驚いた鳥たちが、大空の中へ飛び立っていく光景を見上げるユーフィリアの前で、大きな両手開きの扉が厳かに開く。

明るい外の陽光に慣れた目には、堂内は真っ暗で何も見えなかったが、ユーフィリアはぎゅっとこぶしを握りしめて、大聖堂の中へ歩み出した。

進むうちに次第に目は慣れた。すると自分が歩く絨毯に向かい、左右に多くの人が並んでいることに気がつき、ファビアンに言われたように慌てて視線を足もとに下げる。

(すごくたくさんの人……そしてそのほとんどが、この帝国の騎士……！)

緊張のあまり身体が動かなくなってはいけないと、懸命に意識を他に逸らそうとした。

(王国からは誰も来ては……いないわよね……)

ロズモンド王国にも式の案内はしたが、王太后からすぐに断りの手紙が来たとアルヴァスは語っていた。だからこの場にいるのは、ヴィスタリア帝国の人々と、帝国と同盟関係にある国の要人ばかりだ。

もともと王太后に祝ってもらえるとは思っていなかったが、祖国から一人の参列者も来ないことが、ユーフィリアはアルヴァスに申し訳なかった。ユーフィリアを花嫁にしても彼には何の利点もないことを物語っているようで、この国の人々にその様子を見られるのも心苦しい。それに兄のラークフェルドは、ユーフィリアの結婚についてどう思っているのだろう。

（お兄様……）

いくら手紙を送ってもそれは王太后止まりで、兄王まで届かないことはユーフィリアにもわかっている。いつか面と向かいあうまでには、まだ長い時間がかかりそうだった。

ユーフィリアにはもう戻る場所がない。逆に、アルヴァスに与えられるものもない。それなのにこの多くの騎士たちの頂点に立つ彼は、ユーフィリアを望み、花嫁にと願ってくれた。

（アルヴァス様……）

彼の「全ては俺がどうにかしてやる」という言葉を信じ、ユーフィリアはここにいる。花嫁になると、勇気をふり絞って決めた。その決意を忘れないために、少しだけ視線を上向けて、遥《はる》か前方で自分を待ってくれているはずの姿を確かめる。

「…………！」

瞬間――思わずその場に立ち止まってしまいそうになった。なるべく早くアルヴァスの待つ場所にたどり着くようにと、シルビアに念を押されていたのでかろうじて歩みを止めなかったが、そうでなければおそらく身廊の途中で呆然《ぼうぜん》と立ち尽くしていただろう。

（アルヴァス……様……？）

確認のために何度も見直したくなるほど、祭壇の前でユーフィリアを待つ彼は、普段の姿とはまったく異なる雰囲気だった。飾緒や肩章が眩しい黒の大礼服が、いつもの騎士服とは違うせいかもしれない。しかし明らかにそのせいだけではなく、普段は洗いざらしのままの髪を、横側を撫でつけて上げているからでもなく、まとう空気が違う。

堂々たる騎士たちの中にあって、その中の誰よりも気迫に満ち、王者たる佇《たたず》まいが、ユーフィリアは眩《まぶ》しくてたまらなかった。

（あ……）

恐怖で身体が竦《すく》むということはないが、その前に自然に頭を垂れたい気持ちになる。女である自分でさえこうなのだから、戦場で彼と向きあった敵が、戦意を失ってしまうというのはもっともな話だ。

（まったく敵《かな》う気がしない……）

それは男であれば屈辱的な感情かもしれないが、これからその人物の花嫁になるユーフィリアにとっては、頼もしく嬉しい感情でしかない。

相手に畏怖の念を与えるような佇《たたず》まいに反し、自分には優しげな眼差しを向けてくれるアルヴァスの隣に、歩み寄って並ぶことができる――その幸せに胸を熱くしながら、ユーフィリアは涙をこらえて歩き続け、目の前に差し出された手を取った。

「待っていた、ユーフィリア」

「はい」

それは、こらえきれない涙が頬を伝って落ちるほどの幸福だった。


祭壇の前に二人で並んで立ち、司祭が述べる誓いの言葉を復唱し、ユーフィリアはアルヴァスと生涯共に生きることを神の前で誓った。

「それでは誓いの口づけを」

司祭の言葉に従い、アルヴァスがユーフィリアの顔の横に垂らされた長いヴェールを持ち上げ、半身を折るようにして顔を近づけてくる。

「…………！」

軽く重なり離れていった唇は、それが彼と初めて交わした口づけだったなら、その場に立っていられないほどユーフィリアを動揺させただろう。しかし昨夜もっと濃厚な口づけを何度も交わしたあとだったので、恥ずかしさに頬を染めながらも、なんとか受け止めることができた。

だがその感触で他のさまざまなことまで思い出してしまい、必要以上に顔が赤くなってしまったことは否めない。心臓の音もまったく落ち着かなかった。

どきどきと高鳴る胸を押さえて、真っ赤な顔で俯《うつむ》いてしまったユーフィリアを、近くの騎士たちがひそひそと噂《うわさ》している声が聞こえてくる。

「なんて初心《うぶ》で可愛らしい姫なんだ……くそっ」

「『雷帝』がうらやましい……っ！」

その声はアルヴァスの耳にも届いているようで、口づけが終わっても両肩を掴んだ手を除《の》けてもらえない。

「…………？　アルヴァス様……？」

誓いを終えたあとは鐘楼《しょうろう》の鐘の音と共に聖堂を退出し、広場に待っている群衆に二人揃《そろ》って挨拶をするのだと説明を受けていたユーフィリアは、鐘が鳴りだしたので歩き始めようとした。しかし両肩を掴んだままのアルヴァスが動いてくれない。

「あの……」

困った末に、助けを求めるようにシルビアかファビアンの姿を捜していると、軽々とアルヴァスの腕に身体を抱き上げられた。

「え……？　きゃあっ、アルヴァス様？」

驚きの声を上げるユーフィリアを腕に抱え、アルヴァスは颯爽《さっそう》と聖堂の出入り口に向かって歩き始める。

始めは呆気《あっけ》に取られたふうだった聖堂内の騎士たちも、すぐにわあっと歓声を上げ、はやしたてるような声と言祝《ことほ》ぎの言葉が、広い堂内を埋め尽くした。

その中を顔色一つ変えずにアルヴァスは歩ききり、そのまま外に出てしまう。

そこでさすがに下ろしてもらえるかとユーフィリアは思ったのだったが、下ろすどころか抱きしめる腕にますます力をこめて、アルヴァスは聖堂前の広場でひしめきあっている群衆に、自分の幸せと花嫁の美しさを見せつける。

天に轟くような大歓声の中、瞳をのぞきこむようにしてユーフィリアは彼に名前を呼ばれた。

「ユーフィリア」

「アルヴァス様」

視線で促されるままに腕を伸ばし、その首に抱きつくと、顔を斜めに傾けるようにして唇を重ねられる。

「…………！」

何千人という人々の前でと、焦る気持ちはあったが、必死にそれを受け止めると、ユーフィリアにだけ聞こえるほどの声で、言葉が唇の上を滑った。

「愛している」

「…………はい」

こみ上げてくる涙を拭いもせずに頷《うなず》くと、また口づけながら誓われる。

「必ず幸せにする」

「…………はい」

際限なく与えられるその優しさの数分の一でもいいから、いつか彼に返すことができればと、ユーフィリア自身も胸の奥に秘めた誓いをまた新たにした。

「祝いに駆けつけた群衆の前で、見せつけるように口づけする皇帝の話なんて聞いたこともない！」

怒りをあらわにして指を突きつけてくるファビアンに、アルヴァスは悪びれることもなく豪胆に笑っている。

「見せつけたんだよ。俺の花嫁はこんなにも可愛らしい……！　ってな」

「恥を知れ！　恥を！」

「まあ、独り身のお前にはわからないだろうな……」

「────！」

珍しく今にも掴みかかりそうになったファビアンを、制したのはシルビアだった。

「お兄様、姫様の準備が整いましたので、私たちはそろそろ……」

アルヴァスの寝室。寝台の横に置かれた椅子に座りながら、ユーフィリアは隣室のやり取りにじっと耳を傾けている。

昨日も一夜を過ごしたその部屋で、先ほどからシルビアに念入りに準備を施された。長い髪

を梳《くしけず》られ、肌にも髪にもいい香りのする香油を擦りこまれ、この日のために準備されたという新しい夜着を着ている。

「今さらですが……」と悔しそうに初夜の心構えを語ってくれてから、隣室にいるアルヴァスを呼びにいったシルビアの声を、胸の音を大きくしながら聞いていた。

双子が部屋を出て行ったと思われる扉の音に続き、アルヴァスが寝室に姿を現す。

「体調はどうだ？　……大丈夫か？」

心配そうに声をかけられ、ユーフィリアは弾《はじ》かれたように、笑顔で彼をふり返った。

「はい。晩餐会《ばんさんかい》の途中で退席させてもらったので……もう大丈夫です」

寝台の端に腰を下ろしたアルヴァスは、申し訳なさそうに肩を竦める。

「ファビアンの言うとおり、俺が考えなしだった。すまない……結婚式から披露目の会、晩餐会に舞踏会と、今日は目がまわるほどに忙しいとわかっていたはずなのに、昨夜あなたに無理をさせた……」

「いえ！　それは私自身のせいでもあるので……！」

アルヴァスが彼ばかりを責めるのが申し訳なく、ユーフィリアは慌てて声を上げたがそのあとの言葉が続かない。思っていることをそのまま伝えようとすると、言葉にするには恥ずかしいことばかりが頭に浮かんでしまう。

仕方なく口を噤《つぐ》み、真っ赤になって俯いてしまったユーフィリアを、アルヴァスが苦笑しながら手招きした。

「こちらへ来い、一緒に休もう……今宵はもう無理はさせない、と今は思っているが……まあ、保証はできない……すまない」

「はい……」

　率直に胸の内を語られるのが面映《おもは》ゆく、ますます顔を赤くしながらも、ユーフィリアは手招きに従ってアルヴァスの隣に腰を下ろした。

　背中にまわされた腕がたくましく、どうしても胸の音は大きくなってしまうが、こうして寄り添っていることには安心を覚える。それはこの城に来た初めての夜、アルヴァスと一緒に眠りながら抱いたのと変わらない感情だ。

「他国の方がたくさんお見えになっていたのに、皆さまにご挨拶できないうちに退出してしまい申し訳ありませんでした」

　疲れからか緊張からか、晩餐会の途中で気分が悪くなり、アルヴァスを一人残して部屋に帰ったことを気にしているユーフィリアは、まずはそれを彼に謝る。

　労《いた》わるように彼女の頬を指で撫でながら、アルヴァスはユーフィリアに囁きかけた。

「いや。だからそれは昨夜、俺が無理をさせたからで……俺のほうこそ、悪かったと思っている……すまない」

「いいえ!」

いくら問答を続けても、その責任のありかについてはお互いに決して譲りそうにはないことを実感しながら、ユーフィリアはアルヴァスの腕の中で首を振る。

「これからの外交にも重要な、大切な歓談の場だったのに……」

肩を落とすユーフィリアを、アルヴァスが腕に抱きしめ直した。

「気にすることはない。俺一人になってからも、それなりにうまくやった……つもりだ」

「えっ、アルヴァス様が……ですか？　あ……ごめんなさい！」

訝《いぶか》るようにユーフィリアが思わず問いかけてしまったのにはわけがある。彼はそういったことに興味も関心もなく、他国との関わりにも無頓着なので、なるべくユーフィリアが気にかけてほしいと、ファビアンにくれぐれも念を押されていたからだ。

確かにアルヴァスは「話しあいの場に俺が出てもいい結果は得られない」と、会談などを敬遠しがちだ。そういった場には、ファビアンや他の腹心たちが出ることが通常らしい。

彼が交渉の場で、もともと望んでいたものとは違う条件を呑んでしまった例ならば、ユーフィリアは身を以《も》てよく知っている。

そのため、交流のある国の重要人物が多く集まる今宵の晩餐会は、自分がアルヴァスの役に立てるかもしれない数少ない場だとはりきっていたのに、それを途中で投げ出す結果になってしまったことが悔しい。

「まあ、驚かれて当然だから気にすることはない……あなたの笑顔には勝てるわけがないが……俺なりにあなたを真似《まね》て、この国の君主らしくやったつもりだ」

「そうですか……」

　身分に見あった扱いをされるのも、その地位にふさわしいようにふるまうのも、これまでアルヴァスはどちらかと言えば嫌がっているふうだったのに、いったいどういう心境の変化だろうかと、ユーフィリアはその横顔をじっと見つめる。

　視線に気がついたアルヴァスが、照れ臭そうに目を細めた。

「もちろん、大仰にふるまうのも、型にはめられるのも好きじゃないが……ああいった場ではやはり改まったほうがいいと感じただけだ……あなたのために」

「私のために？」

　驚いたように瞳を見開くユーフィリアの頬に、またアルヴァスの大きな手が伸びる。

「ああ……隣に並ぶのにふさわしい品格くらいはせめて保ちたいと、今日改めて思った……悔しいがファビアンの言うとおりだ」

　慈しむように頬の曲線を撫でた手が、そのまま彼のほうへ顔を引き寄せるので、ユーフィリアはされるがまま身体の力を抜き、その唇を唇で受け止めた。

「んっ……」

　熱を伝えるようにゆっくりと重なり、唇はすぐに離れていったが、ユーフィリアはそのあとを追うように、アルヴァスのほうへ心持ち身体を寄せる。

「品格なんて……そんな、私……」

王女の地位を剥奪《はくだつ》された時から、王族らしい生活などすっかり遠くなってしまっていたユーフィリアは、自分にはそんなものはないと首を横に振る。

しかしその動作を阻止するように、顎を指先で捕らえられ、顔を上向けられ、再び唇を重ねられた。

「いや、こうして触れるのが申し訳なくなるほどに……特に今日は神々しいほどの品位だった……ユーフィリア姫」

言葉では気が引けるふうなことを言いながらも、その口づけに遠慮はない。逆に、手を出すのもはばかられるような相手に対し、所有の印を刻むように触れることができる優越感に浸るかのように、唇は何度もユーフィリアの唇の上を滑り、熱い舌が口腔《こうこう》内にまで押し入ってくる。

「んっ、ふ……う」

熱い息を吐くユーフィリアの身体を抱き寄せ、アルヴァスは覆《おお》い被《かぶ》さるようにして口づけを深めてきた。舌で口腔内をかき回され、惑う舌を絡め取られて、ねっとりと吸い上げられ、頭がぼうっとする。身体からはすっかり力が抜けきり、何も考えられなくなっていく。

「う、ん……っあ……」

一度官能的で甘美な悦《よろこ》びを知ってしまった身体には、夜着越しに触れてくるてのひらの感触さえ心地よく、その胸にすっかり体重を預けて、甘えたような声ばかりが唇の端から漏れる。

「やっ……ん……あ……」

肩が出るほどに胸もとの大きく開いた夜着の中に滑りこんできた手が、胸の膨らみを捉え、感触を確認するかのように揉んでくると、ユーフィリアは座ったままの体勢でいることが辛くなった。

「んっ、あ……アルヴァス様ぁ……」

ねだるようなユーフィリアの声に従い、アルヴァスがゆっくりと寝台の上に身体を横たえてくれる。ぴったりと寄り添うような格好になっていたユーフィリアも、自然と横になることになった。

昨夜はユーフィリアに無理をさせたと何度も詫《わ》びたアルヴァスだったが、今宵は無理をさせないという約束まではできないと語っていたのは本当のようで、夜着を大きく引き下げられ、愛撫《あいぶ》を受けることにまだ慣れたとは言えない肌を剥《む》き出《だ》しにされる。

「あ……や……」

ユーフィリアがかすかな抵抗の声を上げると、それを封じるように、背後からまわされた両手で改めて胸の膨らみを掴まれた。

「あ……っ……ああっ！」

突然の刺激に耐えられず、ユーフィリアが可憐《かれん》な唇から声を漏らすと、手の動きはますます意図的になる。膨らみを大きく鷲掴《わしづか》みにした指先で、先端で震えながら固くなっている突起をくすぐられる。

その場所に触れられると、大きな官能を感じてしまうと知っているユーフィリアは、身体を捩って逃げようとするが、背中を胸に預けるような格好で背後から抱きすくめられており、どこへも逃げられない。

「あ、あ、あぁ……っ！」

敏感な部分を摘まれ、熱い息を吐いて、あられもない声を上げてしまった。蕾《つぼみ》を潰すように指先で捏ねてくる手は、その刺激を乳房全体に伝えようとするかのように、時々大きく膨らみを揺さぶってくる。

華奢《きやしや》な身体の上でまろやかな膨らみが、はっきりと上下するように激しく胸を揉《も》まれ、ユーフィリアは大きく背中をしならせた。

「やっ、あ……ああんっ」

拒むような声は、それが本心ではないとわかっているかのように、アルヴァスの動きを抑止する効果はまったくない。片方の手がわき腹を下り、腰のあたりでたまっていた夜着の中に潜りこみ、太ももを擦りあわせるようにして閉じていたユーフィリアの両脚の間に滑りこんだ。

「やっ、ああっ！」

下着の上から敏感な部分を探られ、ユーフィリアは首を振って悶《もだ》える。

暴れる身体を押さえこむように抱きしめ、アルヴァスは下着の中にまで手を入れてきた。

熱く潤んだ場所を探るように指先で撫でられ、前屈《まえかが》みになってその指から逃れようとするユーフィリアは、その動きを利用して夜着をさらに引き下ろされ、下着までも下げられる。

「ああっ、や……ぁ……」

恥じらいの声にも臆することなく、アルヴァスの太い指はユーフィリアの恥ずかしい場所に遠慮なく触れる。中から熱い蜜が溢れているのを確認し、彼が指を引いたと思った次の瞬間には、もうその部分に熱いものを当てられていた。

「ああ……」

昨夜何度も胎内に取りこんだ熱を、確かにその場所に感じる。肌に直接当てられるだけで、その熱さと硬さに、息はどうしようも荒くなるが、背中を向けた格好のままで、どうなることもないだろうとユーフィリアは思っていた。

「あ……はぁ……っ」

しかしユーフィリアの身体を心持ち前に倒し、脚を少し開かせて、アルヴァスはその格好のまま背後から押し入ってくる。

「あ？　ああっ……や、ぁ……っ」

ずぶずぶと熱い塊が自分の胎内に深く埋めこまれていくのを感じながら、ユーフィリアは背を突っ張らせて喘いだ。

「やっ、あ……ああっ……！」

金色の髪を乱して頭を振っても、アルヴァスの侵入は止まらない。最奥まで背後から貫かれるようにして身体を繋がれ、その胸にもう一度抱きしめ直された。

「あ……あぁ……」

どくどくと脈打っている彼のものが、胎内に押し入っている状態をまざまざと感じさせられる。自分の中がアルヴァスでいっぱいになっていることを実感させられながら、深く出し入れを始められた。

「あっ！　ああ……っん」

お腹《なか》の奥にずんずんと響くような抽挿が、次第に大きく激しくなっていく。首筋に顔を埋めるようにしてユーフィリアを背後から抱きしめるアルヴァスが、息を弾ませながら耳もとで語りかけてきた。

「聖堂で見た時は神々しいほどで……女神のようだと思ったのに……その女神に己の欲望をねじこまずにいられないとは……まったく俺は外道だ……」

自嘲するような言葉と共に、その動きはますます大きく激しくなっていく。

「美しく可憐なその顔が、情欲に染まっているところを見たくなってしまった……こっちを向いてくれ、ユーフィリア」

「あっ、あぁ……っ」

その間も激しく身体を揺さぶられながら、ユーフィリアが呼びかけに従って必死に背後をふ

り返ると、半開きになった唇を塞《ふさ》がれる。

「んんっ……ん、う……っ」

身体の奥深い部分を支配するだけでは飽き足らず、荒い呼吸さえも奪うように、激しく唇を重ねられ、ユーフィリアはくぐもった声を上げた。

アルヴァスに押し入られ続ける場所からは、ぐちゅぐちゅと恥ずかしいほどの水音が響き、耳を塞いでしまいたかったが、身体の自由をほぼ奪われており、それさえできない。

「はっ、はぁ……あっ……ん、うんっ……」

苦しい息をくり返す舌を絡め取られ、激しく吸われ、こらえきれないほどに下腹部も切なくなっていく。

「んっ……っあ、あ、あ……んんっ！」

びくびくと引《ひ》き攣《つ》るように膣奥が痙攣《けいれん》するのを感じ、最奥を抉られるように刺し貫かれて、ユーフィリアは快感の波に攫《さら》われた。

「はんっ！　あ、あぁ――っ！」

狙ったかのようにその瞬間に解放された唇から、甘い嬌声《きょうせい》が大きく寝室に響く。自分の声にますます快感を高められた身体が、どくどくと大きく脈打ちながらアルヴァスのものを強く締めつける。その間も、大きな抽挿を緩めてはもらえなかった。

「あっ、や……いやぁ……っ」

びくんびくんと大きな収斂《しゅうれん》をくり返す蜜壺が、快感に引きずられるようにしてそのままもう一度頂点を極めてしまいそうになる。

いやいやと拒否するように首を振るユーフィリアを、アルヴァスは抱きしめ直し、さらに官能を煽るように大きく揺さぶった。

「恥ずかしがることはない。何度でも達けばいい、俺の腕の中で……さあ」

快感に戦慄《わなな》いている部分を狙ったかのように、重点的に突かれればユーフィリアに抗《あらが》う術はない。

「あっ、あっ、また……あんっ、やあぁ……っん！」

言われるままにアルヴァスの腕の中で身体を突っ張らせ、二度目の絶頂を迎えてしまう。

ぐったりと身体を弛緩《しかん》させ、はあはあと大きな息をくり返すユーフィリアを、さすがにそれ以上責めたてるようなことはアルヴァスもしなかったが、収斂をくり返す胎内から出てはくれない。自分の中にまだ彼がいることをまざまざと実感しながら、ユーフィリアは意識さえ飛んでしまいそうな深い官能の中に、どっぷりと沈みこんでいく。

「蕩《とろ》けそうな顔をしているな……」

汗で額に張りついた髪を、指で丁寧に払《はら》い除《の》けてくれながら、アルヴァスが語る声をどこか遠くから響くもののようにユーフィリアは聞いていた。

「え……？」

額から唇に下りた指が、長く半開きになっていたためにすっかり乾いてしまっている唇を、ゆっくりと撫でる。

「気持ちいいか？」

「あ……」

身体の奥に彼を迎え入れ、固いもので襞《ひだ》を擦られるようにして激しく出入りされる行為を、そういうふうに感じるからこそ、何度もその腕の中で頂点を極めてしまうのだとはユーフィリアにもわかっている。しかし面と向かって訊ねられて、そう答えることは恥ずかしい。

頬を赤く染めて視線を俯けると、腰骨を両手で掴まれ、臀部《でんぶ》を彼に押しつけるように、結合をいっそう深められた。

「俺にこうされることは、気持ちいいかと訊《き》いてる」

「あ！　ああっ！」

まだまったく強度の衰えていないもので、ぐりぐりと腹の奥を抉《えぐ》られ、ユーフィリアは大きな声を上げる。しかしそうされることが気持ちいいなど、正直に答えることはとてもできない。

「聞かな、でくださ……あ、ああっ！」

「いいや聞きたい……あなたのその可愛らしい口から……」

抜け出るほどに大きく欲望を引き抜き、また奥まで押し入ってと、ユーフィリアを翻弄するような動きを数回くり返してから、アルヴァスはふいにその交わりを解いた。

「え……？　あ……」

突然のことに驚くユーフィリアの身体を、寝台の上にごろりと仰向《あおむ》けに寝かせ、その上にたくましい身体を重ねてくる。

「あっ、あああっ！」

大きく脚を開いて彼のものを受け入れさせられ、すっかり濡れて解《ほぐ》されてしまっていたユーフィリアの秘所は、抵抗することもなくすぐに奥深い場所までアルヴァスを迎え入れた。

後ろ向きで挿入されていた時とは彼のものが当たる場所が変わり、何度かその動きをくり返されるだけで、ユーフィリアにはもう余裕がなくなっていく。

「あっ、あ……あぁ……んっ」

快感の波に攫われそうになる身体を繋《つな》ぎ止《と》めるかのように、両手でシーツを握りしめるユーフィリアの身体を大きく揺さぶりながら、アルヴァスはなおも問いかけてくる。

「聞かせてくれ、ユーフィリア……でなければこのまま何度でも……あなたが音を上げるまで達《い》かせ続けるぞ」

「そんな、ぁ……ああっ」

がくがくと身体を揺さぶられながら、それはあながちアルヴァスの誇張でもないだろうとユーフィリアは感じていた。自分でもよくわからない身体の仕組みをまるで熟知しているかのように、アルヴァスはユーフィリアの悦《い》いところばかりを的確に突いてくる。このままそこばかりを責められていたら、あられもない声を上げてもう一度極めてしまうことは確実で、後ろから貫かれていた時より、蕩けそうだと彼に形容された顔をしっかりと見下ろされていることもあり、意を決して口を開く。

「い、言います……っん、言いますからぁ……っ」

せめてその間だけでも、官能を煽るのはやめてほしいと願うのに、アルヴァスにそのつもりはまったくない。がくがくと華奢な身体を揺さぶられながら、胸の膨らみを鷲掴みにされ、ユーフィリアは羞恥に耐えながら、彼に乞われた言葉を口にする。

「あっ、ん……気持ちい……気持ちいいです……っん……ぁ」

恥ずかしさのあまりに硬く目を閉じ、熱い息を吐きながら白い肌を震わせて、ようやく言い終わったと思った瞬間、胸を掴んでいたほうの手も腰に下り、両の腰骨を掴まれ、寝台に縫い止めるように固定されたことをユーフィリアは察した。

「俺にこうされることが……か？」

アルヴァスの声音にも、これまでとは明らかに違う熱がこもったように感じ、このままではいけないとどこかで理解しているのに、一度決壊してしまった理性はいとも簡単に、正気ではとても口にできないような言葉をユーフィリアの唇に乗せる。

「は、い……っん……あ、あぁ……気持ちい……アルヴァス様ぁ……」

甘えるようにその名前を呼ぶと、膝が胸につくほどに大きく身体を丸められた。

「え？　あ……はあああんっ！」

抜け落ちそうなほどにいったん引き抜かれた彼のものが、これ以上ないほど奥へぐぐっと力強く一気に押し入り、ユーフィリアはその衝撃で軽く極めてしまう。

「ああっ！　あっ、あ……」

広い背中に腕をまわし、縋るようにアルヴァスに抱きついたのに、その格好のまま何度も、苦しいほど奥までずぶずぶと抽挿をくり返される。

「だめ、あ、も……や……やあぁっ……！」

もはやずっと極めているかのようにびくびくと収斂をくり返す蜜壺の中は、ユーフィリアの身体の奥から溢れた蜜か、アルヴァスのものの先端から零れた先走りかわからない液体でたっぷりと満たされていた。それをぐちゃぐちゃにかき混ぜるように腰を使われ、ユーフィリアは押し出されるように、悲鳴のような嬌声しか上げられない。

「やっ……やんっ……ぁ……ああっ！」

「もっとよくしてやる、ユーフィリア……無垢《むく》なこの身体に、これからもっともっと深い快感を刻んで……蕩けるような心地よさを俺が教えてやる……」

「あっ、あぁ……ああっ！」

身体の奥に響くようなアルヴァスの声はとても官能的で、囁きかけられるだけでユーフィリアはもう意識が飛んでしまいそうになる。

「綺麗だ……白い頬を歪ませて、必死に快感を耐えるその顔……この腕の中に閉じこめて、もっとずっと見ていたい……」

「あっ、ああっ……やあんっ、はあぁ……」

そんなことをされては身体がいくつあっても足りないと、反論しようとする意志さえ削《そ》がれ、甘く蕩《とろ》けさせられていく。

すすり泣くように嬌声を上げ続けるユーフィリアの奥で、アルヴァスのものがはちきれんばかりに大きく膨らんだ。

「俺のものだ……その麗しい顔も、少女のようなのに俺の欲望をどこまでも受け止める従順なこの身体も……情欲に潤んだ瞳も……全部俺のもの……俺の花嫁だ……」

呻《うめ》きのような声で発せられた言葉と共に、ユーフィリアの身体の最奥で放たれた迸《ほとばし》りが、びくびくと快感に震え続ける襞の奥まで余すことなく浸食していく。

「あああ――っ！」

その刺激でもう何度目か知れない絶頂を迎えたユーフィリアは、温かな体液の感覚を自分の中に感じながら、幸せな夢の中へ半ば落ちていこうとしていた。

「ん……ああっ……私はアルヴァス様のもの……っん……ぜんぶ、アルヴァス様のものです……ん」

実際に声に出して言っていたのか、それとも心の中で唱えていたのか、ユーフィリア自身にもよくわからない。

しかし現実に、自分が彼に与えられるものはそれぐらいしかなく、それなのに自分を花嫁にと望んでくれたことが嬉しく、ユーフィリアはうわ言のように、何度もその言葉をくり返していた。

「アルヴァス様のもの……」

「ユーフィリア……」

感極まったかのように、抱きしめ直してくれるアルヴァスの腕だけは、確かに現実のものだと実感しながら、ユーフィリアは眠りに落ちるように、深い闇の中に意識を沈めていった。


「こんなお労《いたわ》しいことになって……やっぱりもう『雷帝』の寝室へお連れするのはやめます！　これまでどおり夜は姫様の寝室で、一人で安らかにお眠りいただきます！」

悔しそうにばんばんと力をこめてクッションを叩き、埃《ほこり》を落としながら、何度も恨みがましそうに文句を言うシルビアの背中を、ユーフィリアは遠く寝室から見ている。

「そんなこと言わないでシルビア……」

諫めるような言葉をかけても、その声には覇気がなく小さくか細い。寝台で横になったまま、起き上がることもできずにいるユーフィリアを、シルビアはくわっと目を見開いて隣室からふり返る。

「いいえ！　姫様が何と言われても……二日連続で無体なことをするような男のところへは、もう行かせられません！」

その『無体な男』とユーフィリアは、昨日神の前で永遠の愛を誓ったばかりで、傍仕えに過ぎないシルビアのほうこそ、二人の間のことに口を出す権利はないはずなのに、彼女はどこまでも強気だ。

「お兄様にお伝えして、苦情を伝えてもらわなくては……！」

「――――！」

シルビアが自分のことを心配してくれるのは嬉しいばかりだが、さすがにファビアンにまでこの醜態をこと細かに伝えられるわけにはいかないと、ユーフィリアは寝台の上で慌てて半身を起こす。

「ちょっと待って、シルビア！　っ……あっ」

しかし身体に力が入らず、体勢を崩してしまうので、シルビアのほうが慌てて隣室から駆け寄ってくる。

「大丈夫ですか？　姫様！」

「大丈夫よ……」

「じっとなさっていてください。医師からもそう言われましたでしょう？」

「……はい」

身体を支えてもう一度寝台に横にならされ、ユーフィリアは穴があったら入ってしまいたいほどに恥ずかしかった。

昨夜、アルヴァスの部屋で意識を失ったユーフィリアは、気がついた時には自室の寝台の上だった。

アルヴァスの寝台で夜中から朝まで泥のように眠っていたそうだが、呼びかけても揺すっても起きないので心配になったアルヴァスが、ユーフィリアの部屋へ運び、宮殿の医師に診てもらったらしい。

結果は過度の疲労ということで、しばらく安静にしていたほうがいいと聞いたシルビアが、すぐにアルヴァスを部屋から追い出した。倒れるほどの無茶をしたのは誰だと激怒し、しばらくユーフィリアとは会わせないと息巻く彼女に、アルヴァスは反論しなかったらしい。

シルビア本人からその話を聞いたユーフィリアは、アルヴァスに会って、自分はもう大丈夫だと伝えたい気持ちはあるが、とても訴えられない。本当にこのまましばらく会えないのではないかという思いを抱えながら、部屋の掃除をするシルビアの姿を、じっと見守っている。

「まあ……『雷帝』は明日から他国へ行くそうなので、どのみち姫様と夜を過ごすことはできませんけど……」

　せいせいするとでも言いたげなシルビアの言葉に、ユーフィリアは慌てて問いかけた。

「そうなの？」

「はい」

　当然だとばかりに頷いてから、シルビアが寝台へ近づいてくる。

「そうでした。姫様は昨日晩餐会を途中で抜けられたので、ご存じなかったのですね……なんでも珍しく『雷帝』のほうから他国の諸侯の方々に声をかけて、次々と訪問の約束を取りつけたのだそうです……これまでいくら言っても外交には見向きもしなかったのに、嬉しい変化だとお兄様が喜んでらっしゃったので、その点は見直したのに……そのあと、姫様をひどい目に遭わせたあの男には、もう気を許したりなどしません。これからも私の敵です！」

「敵って……」

　忌々しげに舌を鳴らすシルビアをどう宥めたらいいのかと、内心困りながら、ユーフィリアは問いかけた。

「アルヴァス様は、その……どういった国へ行かれるの？」

「え？　あ、はい……これはいったいどういう順番で回ればいいのだと、兄が困っていたので大まかにでしたらわかりますが……キュリド王国、ロアーヌ公国、ビュッセン帝国とシューバリア王国……だったでしょうか？」

次々と名前を挙げられる国々を、頭の中にある世界地図で位置を確認しながら、ユーフィリアは首を捻《ひね》る。

「ヴィスタリア帝国と隣接している国々というわけではないのね……」

「はい。むしろこれまでまったく交流のなかった国も多く、『雷帝』はいったいどういうつもりなのか……」

首を傾《かし》げるシルビアを見上げながら、彼が明日から城を出ると聞いた時に胸に湧いた不安を、ユーフィリアは素直に言葉にする。

「いつ頃帰られるのかは……わかる？」

「そうですね。往復と滞在期間をあわせて、通常一国に半月はかかるところを、全てをその期間で済ませたいと言って、兄に呆れられているようです。まったく馬鹿者ですね」

「それは……私でも無謀だと思うわ……」

いったんそう口にしてから、ユーフィリアは首を捻る。

「でも……」

どういった用件があるのかはわからないが、もしそれが簡単に済むようなものならば、馬を駆って半月で全ての国をまわることは、彼には実は不可能ではない。アルヴァスがかなり馬術に長《た》けており、馬を進ませる速度もとても速いことをユーフィリアは知っている。

「もしアルヴァス様が一人で行かれるのならば、無理ではないかも……」

呟《つぶや》いたユーフィリアに、シルビアがしかめ面で首を振ってみせる。

「一国の王が一人で他国を訪ねるなんて……いくらなんでもあり得ません」

「そうね……」

それはユーフィリアも同意するところだったので、頷いた。


しかしその夜、シルビアの目を盗んでこっそりとユーフィリアの寝室へやってきたアルヴァスは、いたずらめいた笑顔でその話を肯定した。

「いや、俺一人で行くつもりだ」

「え？　でも……」

危険ではないのか、ファビアンの許可は得られるのか、さまざま要因から表情を曇らせるユーフィリアを、アルヴァスは余裕のある笑顔で笑い飛ばす。

「大丈夫だ。用件はたいしたことない。それにこれが訪問でなく侵攻なら……これまでだって俺一人で先陣を切ったことは、何度でもある」

「あ……！」

彼は生まれついての皇帝というわけではなく、七カ月ほど前まではこの国の根幹を支える騎士の一人にすぎなかったのだということを、改めて思い知らされる。

異国にまで名を轟《とどろ》かすような英雄の彼を、一人で行って無事に帰ってこられるのか心配するというのも、無駄なことだ。

「そうですね……」

納得はしたけれども、明日からアルヴァスがいなくなってしまうことを、ユーフィリアはまだ受け入れきれていない。そのため返事は憂鬱そうなものになってしまう。

それを察してくれたのか、アルヴァスが黄金色の頭をたくましい胸に抱きこんだ。

「なるべく早く帰ってくる。あなたに朗報を持って……予定どおりにいけば、その次に出かける時はあなたも一緒だ」

「私も一緒？」

「ああ」

力強く頷いてくれたアルヴァスは、瞳をのぞきこむようにしてユーフィリアに顔を近づけてくる。

「本当は明日からの旅も、あなたと一緒ならばもっとよかったのだが……それでは何倍も時間がかかえってしまうので諦めた。結婚早々、皇帝も皇妃も国を留守にするわけにもいかないしな」

「あ……」

『皇妃』という言葉に、それは自分なのだという思いを新たにし、ユーフィリアは誇らしさで胸がいっぱいになる。

その様子を満足げに見て、アルヴァスは腕の中のユーフィリアに、軽く口づけた。

「あなたがいてくれるので、少しの間国を空けることもできるようになった……留守を頼むぞ、ユーフィリア皇妃」

実際には、アルヴァスが留守の間国を支えるのはファビアンを始めとする腹心たちや、宮廷の中心である騎士たちで、ユーフィリアには特にすることもないのだが、そう言ってもらえるだけで嬉しい。

帰る国も、身分もなく、立つ場所さえなかった不安定な存在の自分に、ちゃんと地面に足をつけて立つことができる場所を与えてくれたアルヴァスには、どれほど感謝しても感謝しきれない。

「はい。私にできることでしたら、何でも……」

紫色の瞳に、これまで灯《とも》したことのないほど強い意志の色を煌《きら》めかせて、毅然《きぜん》と顔を上げたユーフィリアにとって、それは心からの真摯な思いだった。


その夜は、医師の見立てとシルビアの言いつけに従い、アルヴァスと肌を重ねることはしなかったが、その腕に抱かれ、温《ぬく》もりを全身で感じて眠る夜は、ユーフィリアに昨夜まではまた違う幸せを与えてくれた。

安堵《あんど》の思いで、しばらくの間離れることになったその腕に頬をすり寄せて、幸せに包まれて眠った。

第五章

「リボンはどれも曲がっていない？　ドレスのレースは乱れていないかしら……？」

大きな姿見の前でくるくると回るように自分の全身像を確認しながら、何度も問いかけてくるユーフィリアに、少し離れた位置からシルビアが答えを返す。

「大丈夫です。よく整って、とてもお綺麗でらっしゃいますよ」

称賛の声に頬を染めて、ユーフィリアは彼女をふり返った。

「ありがとう……」

その笑顔に目を細めたシルビアは、ふと窓の外へ目を向け、驚いたような声を発する。

「おや……ひょっとしてもう帰ってきたのでしょうか？」

予定は今日の午後だとファビアンから聞かされていたユーフィリアは、大きく胸を弾ませて、慌てて窓へと駆け寄った。

「え？　……そんな」

城の入り口へと続く石畳の遥《はる》か向こうを、何頭かの馬が歩んでくる光景が見える。立派な体《たい》躯《く》と堂々とした態度からして、先頭を進む黒衣の人物は、アルヴァスに違いなかった。

「どうしよう……城に入られる前に、外でお迎えするつもりだったのに……！」

「とにかく急ぎませんと！　姫様！」

すぐに部屋の出入り口へと向かったシルビアのあとを追い、ユーフィリアも大きく膨らんだドレスの裾をものともせず駆け出す。

「ええ！」

今日は、結婚式の翌日から半月間、外遊に出ていたアルヴァスが、いよいよ城へ帰ってくる日だ。この日を指折り数えて待っていたユーフィリアは、廊下になど回らず窓から飛び出してその胸に飛びこんでしまいたいほどの気持ちで、城内を懸命に駆けた。

いくつもの階段を下り、廊下を曲がるうちに、エントランスにたどり着くよりずっと手前で、こちらへ向かって歩いてくる大柄な男たちの群れと出会う。

「あ……」

先頭にアルヴァスの姿を見つけたユーフィリアはその場所で足を止め、彼女に気づいたアルヴァスは傍らにいたファビアンを軽く手で払うような仕草をした。

「話はひとまずこれで終わりだ。あとはブノワに聞いてくれ」

「わかった」

呆《あき》れたように肩を竦《すく》めながらも、ファビアンはユーフィリアに軽く頭を下げて去っていく。

他の男たちもそのあとを追い、少し前にいたシルビアも追従してしまい、長い廊下の途中で向かいあうような格好で、ユーフィリアはアルヴァスと二人きりになった。

「あの……お帰りなさい」

離れていた期間はそれほど長くないのに、妙に気恥ずかしく、ぎこちなく腰を屈《かが》めてお辞儀すると、アルヴァスの表情が和らぐ。

「ただいま」

無理な日程の旅だったせいか、その顔に疲れの色は濃かったが、大きく手を広げられたので、ユーフィリアは迷わず広い胸に駆けこんだ。

ふわりと抱き止められると、深い安堵の思いを覚える。この腕の中が、いつの間にか自分にとって一番安心できる場所になっていることを実感する。頬ずりするように顔を埋めていると、アルヴァスに笑われた。

「帰ってきたばかりで埃《ほこり》っぽいぞ」

そんなことは構わないとばかりにしがみつく。

「いいのです」

嬉《うれ》しげにその金色の頭を撫でていたアルヴァスは、ふいにユーフィリアの身体を腕に抱き上げた。

「だったらいっそ、一緒に湯浴《ゆあ》みするか」

「え？」

言いながら歩き出されるので、ユーフィリアはとまどいながら彼の顔を見上げる。

「でも、あの……旅の報告や今後の相談など、いいのですか？　お忙しいのでは……？」

アルヴァスは悠々と笑いながら大きく首を振った。

「概要は、ここまで歩きながらすでにファビアンに伝えた。細かいことは、無理やりつけられた同行者たちが報告するだろうから、わざわざ俺が言う必要はないだろう……」

「そうですか……」

単身での他国訪問といっても、彼はまったくの一人だったわけではない。行くのならば最低限の護衛はつけていけとファビアンに迫られ、結局、厳しい行程にもついていける者を自ら選び、同行させていた。

その人物たちが詳しい報告をしているのならばいいかと思いながらも、まだどこか納得できないユーフィリアに、アルヴァスが頬を寄せる。

「久しぶりなのだからまずは俺のわがままを通させてくれ……結婚早々、可愛い花嫁をおいて出かけていたんだぞ……会いたかった」

熱っぽく囁きながら唇を重ねられるので、それが離れるとすぐにユーフィリアも自分の想《おも》いを言葉にした。

「私も……会いたかったです」

満足げにもう一度唇を重ねたアルヴァスが、歩みの速度を上げる。

「だからあなたは、黙って俺に連れ去られていればいい」

「はい……」

祖国を出てこの国へ来た時にも聞かされたのと同じ言葉に小さく笑み、ユーフィリアはたくましい腕に身を委ねた。


アルヴァスが向かったのは、彼の私室と中扉で繋《つな》がっている浴室だった。

ユーフィリアの部屋にも浴室はあるが、それは寝室に繋がる大理石の床の小部屋に、バスタブが置かれたごく一般的なものだ。

それに対しアルヴァスの浴室は独立した一室で、全面がタイル張りになっており、階段状に深く掘り下げられた床の一部に湯を溜《た》めて入る、かなり大がかりなものだった。

異国風で、その部分いっぱいに湯を溜めるのがたいへんなため、普段はあまり使わないと言いながら、アルヴァスは侍従たちに命じて準備をさせる。

その間、彼と共に隣室で待っていたユーフィリアは、準備ができたのでと改めて浴室に案内され、気後れを感じた。

床も壁もタイル張りの部屋は、天井にはフラスコ画が描かれ、シャンデリアまで下がっている。皇帝のための贅《ぜい》を尽くした部屋であるため、いたるところに金装飾が施され、光を取りこむために大きな窓もある。

その煌《きら》びやかな空間で、まだ明るい中、裸になってアルヴァスと共に湯を浴びるのかと思うと躊躇《ちゅうちょ》を覚える。

「あの……本当に私も一緒に……ですか？　やっぱり隣室で待っていますので、どうぞアルヴァス様だけで……」

逃げようとするユーフィリアの手を引き、アルヴァスはさっさと浴室の奥へ進んだ。

「今さら何を言ってるんだ……さあ……」

湯気に煙ってよく見えないが、侍従たちがみな出ていってしまうと、アルヴァスはさっさと服を脱ぎ始める。

「…………！」

これまでにも彼が服を脱いだ姿を見たことはあるが、それは夜の闇の中、明かりがあったとしても燭台の灯り程度だった。しかもユーフィリアのほうが先にドレスを脱がされ、すでにたっぷりと官能を与えられていることがほとんどで、熱に浮かされたような意識と視界の中、それと意識してはっきり見たことは一度もない。

それなのに迷いもなく次々と服を脱ぎ捨て、隆々と筋肉がついた立派な体躯をあらわにされてしまうので目のやり場に困る。

顔を真っ赤にして俯《うつむ》いていると、アルヴァスが近づいてきた。

「自分で脱げないのなら、手伝ってやろうか？」

確かに、今日のために選んだドレスは背中に釦《ぼたん》が並んだ形で、一人で脱ぐのは困難だったが、この明るい中でアルヴァスに裸にされるというのも、また違った恥ずかしさがある。

「大丈夫です！　一人で脱げます！」

ユーフィリアは慌てて後退《あとずさ》ろうとしたが、その前にアルヴァスに抱きしめられてしまった。

「いいから」

ユーフィリアの細い腰を片手で掴んでしまえるほど大きな手は、武骨で不器用そうなイメージがあるのに、実に器用にドレスを脱がせていく。

「やっ……」

ユーフィリアが恥ずかしくて身を捩《よじ》るうちに、釦《ボタン》を全て外してリボンを解き終わり、その下に締めていたコルセットも取り払われてしまった。

シュミーズとドロワーズだけという下着姿になったユーフィリアを、同じようにブライズ一枚しか穿《は》いていないアルヴァスは軽々と腕に抱き上げる。

「湯浴み用の服に着替える必要はないな。このまま行こう」

「え？　……あっ」

階段状になっている床に張られたお湯の中へためらいもなく入られてしまい、ユーフィリアは慌ててその首に抱きついた。

「どうした？」

「……なんでもありません」

薄い生地で作られた下着が、濡れて肌に張りついた姿を見られたくないからとは、恥ずかしくて言いづらい。いつも湯浴みを手伝ってくれるのはシルビアなので、彼女以外にそういう姿を見られたことはない。祖国にいた頃も、当然ながら男性に見せたことはなかった。

身体にぴたりと張りついた布地は、その形に忠実に、細かな凹凸さえもくっきりと浮き彫りにしている。丸やかな胸やその先端で固くなっている蕾まで生地越しにはっきりとわかり、裸を見られるのよりもいっそ恥ずかしい。

決して見られたくないという思いから腕に力をこめるユーフィリアを、アルヴァスは笑いながらいとも簡単に彼から引《ひ》き剥《は》がした。

「そんなにくっついていては、身体も洗えないだろう」

「……あ！」

身体を隠す術を失ったユーフィリアが慌てて胸を両腕で覆ったので、おそらくその意図はアルヴァスにも伝わった。

「どうした？」

いたずらっぽい笑みを浮かべながら、顔をのぞきこまれる。

「なんでもありません」

ユーフィリアは肩まで湯に沈んでしまおうとしたが、逆に階段状になった床の、アルヴァスよりも数段高い位置に座らされてしまった。

「きゃっ」

上半身が湯から出た状態になり、慌てて胸を覆い直した両腕を、手首を掴んで大きく左右に開かされる。

「やっ……！」

「ここを見られるのが嫌だったのか？　ああ、なるほど……確かにそそる光景だな……」

胸の膨らみに顔を近づけてまじまじと見られ、ユーフィリアは今すぐ消えてなくなってしまいたい心境だった。

「やあっ……」

逃げるように後ろに身体を引くが、たくましい腕に抱き止められて、逆に逃げ場を失う。

濡《ぬ》れた布地に包まれた胸の膨らみに顔を寄せたアルヴァスは、頬ずりするようにそこに顔を埋めた。

「もう何度も、見たり触れたりしただろう？　今さら……なぜ？」

「だって……」

布越しに感じる熱い息遣いに、身体が自然と反応しようとするのから気を逸《そ》らすように、ユーフィリアは目を細めて明るい窓に視線を泳がせる。

豊かな胸の膨らみの間からその眼差しを確認したアルヴァスは、布越しにもつんと上向いていることがわかる小さな尖《とが》りに唇をつけた。

「ああ、明るいからか？　確かに……恥じらうあなたの顔がいつもよりはっきりと見えるな」

まるでいっそうそういう顔にさせようとでもするかのように、感じやすい部分を布に包まれたまま口に含まれ、ユーフィリアは身体を捩らせる。

「あ……だめです……っうん……」

拒絶の意志を示せばそれだけ、虐《いじ》めるように責められるとわかっているのに、言葉が勝手に喉をついて出てしまう。

恥かしそうに身を捩るユーフィリアを嬉しげに見上げながら、アルヴァスは布に包まれたままの胸の膨らみを揉みしだいた。

「やっ……あ……やめ……っ」

「顔が赤いな。息も荒い……切なそうな表情をするから、その綺麗な顔をもっと歪ませてしまいたくなる……」

手は膨らみを揺さぶり、その頂点で震える蕾を捏《こ》ねるように刺激してきた。逆の蕾はすでに布地ごとアルヴァスの口に捕らえられ、強く吸い上げられたり舌先で転がされたりしている。

布を一枚間に挟んでも、身体がびくびくするほどの刺激に、ユーフィリアは背をのけ反《ぞ》らせて階段状の床に倒れこんでしまいそうになる。しかしたくましい手で背をしっかりと支えられており、それに体重を預けるばかりで床面はまだ遠い。逃げられないように背中を支えられたまま、淫らな責めをくり返される。

「やっ、あんっ……ああっ……や、あ……ぁ」

湯に濡れた長い髪を揺すって悶えるユーフィリアを、アルヴァスはさらにもう一段高い場所へ座らせた。

「え？　あ……やあっ」

身体はほぼ湯から出ることになってしまい、膝から下までしか浸《つ》かっていない。シュミーズと同じように、素肌にぴったりとドロワーズを張りつかせた下肢を、アルヴァスの目の前で大きく開かされる。

「やあっ！　あっ……！」

濡れた布に覆われた秘所に、噛みつくように顔を埋められた。柔肉に直接触れられたわけではないのに、ユーフィリアの身体の奥はぎゅっと窄《すぼ》まり、どくどくと大きく収縮する。下から上へ大きく舐《な》めるような動きをくり返されると、蜜壺の奥から愛液が湧き出てくる感覚がする。

それを啜《すす》るかのように、布越しに何度も吸いつかれ、ユーフィリアは悲鳴を上げた。

「やめてくださ……あっ！　やあ……んっ」

まるで獰猛《どうもう》な獣に、今にも捕食されそうになっているかのような身の危険を感じる。

『雷帝』と呼ばれ、戦場では負け知らずと恐れられるアルヴァスを、ユーフィリアはこれまで本気で怖いと思ったことはない。少なくともユーフィリアに対しては、彼は態度も行動も優しさばかりを示してくれるからだ。

しかし今初めて、恐怖に似たような感情が胸に渦巻いている。アルヴァスにこのまま貪《むさぼ》り食われてしまいそうで怖い。

「やっ、ぁ……あ、ああっ」

気持ちは萎縮するのに、布越しに彼に食《は》まれている場所は決してその行為を拒んでいるわけではない。啜られれば甘い蜜を零す。舌をねじこまれればそれを受け入れようとする。淫らな責めにどこまでも従順に応じ、その深い官能を貪欲に享受しようとする。

「あっ、やあ……あっ……はあ……っ」

入り口の上部にある粒を揺さぶられて、がくがくと腰を揺らしたユーフィリアと同じ段に、アルヴァスも上がってきた。

「ユーフィリア……」

濡れて下肢にまとわりつくドロワーズを、もどかしげに引き裂くような勢いで脱がされ、下半身をあらわにされる。座るアルヴァスの上に身体を抱え上げられ、向きあった格好のまま腰を沈めさせられる。

「あ、待って……や……あああっ！」

彼の上に跨《また》がるような格好で、そそり立つ剛直を身体の中心に深々と受け入れさせられた。衝撃で倒れそうになる身体は、しっかりと抱き支えられ、その首に両腕をまわして抱きつく体勢を取らされる。

太い首にユーフィリアが力なくしがみつくと、身体を上下に揺するようにして大きな抽挿を開始された。太くて固いもので身体を刺し貫かれているようで、始めは苦しいと思ったその行為が、すぐに甘美な疼《うず》きに変わっていく。

「やっ、あぁっ……あぁんっ」

濡れた髪を振り乱して、涙声を上げるユーフィリアの華奢《きやしゃ》な身体を容赦なく、アルヴァスは揺さぶった。

彼の上に跨る行為はとても背徳的で、目を開けていられないユーフィリアは、上半身に張りついていたシュミーズも捲《めく》り上《あ》げられ、頭から抜くようにして取り払われる。

「あっ、あぁっ……あんっ」

剥《む》き出《だ》しになった胸の膨らみを、大きな手がすっぽりと包みこんだ。手のひらの中で押しつぶすようにして先端の蕾《つぼみ》を刺激されながら、アルヴァスが唇を重ねてくる。

「んん……んっ……っう……ぁ」

その間も身体を上下させる抽挿は緩むことなく、唇を塞がれながら膨らみを揉《も》まれて、ユーフィリアは強引に快感の頂に押し上げられた。

「んっ、んんんっ……！」

　嬌声は全てアルヴァスの口の中に呑みこまれてしまったため、ユーフィリアが極めたことなど知らないとばかりに、まだその動きを緩めてもらえない。びくびくと蠕動《ぜんどう》をくり返す蜜壺を容赦なく突かれ、快感に震える濡れ襞を擦られ、ユーフィリアは激しく首を振って悶《もだ》える。

「んっ……んう……やっ、やぁ……っん」

　口づけが解かれたことにより、唇から漏れる嬌声が鮮明になり、ユーフィリアが力なく制止を呼びかけていることはアルヴァスにもわかっているはずなのに、抽挿を止めてもらえなかった。

「あっ、あっ……あぁ」

　切なげな声を上げて、縋るようにアルヴァスの胸に顔を伏せたユーフィリアの身体を強く抱きしめ、胎内の彼のものが大きく膨らむ。両手でユーフィリアの腰を掴み、ひときわ強くアルヴァスの上に身体を叩きつけられたと感じた時、身体の奥に熱い迸りを感じた。

「あぁぁ……っ！　あっ……あぁ……」

　激しい奔流を受けて、びくびくと身体を引き攣らせたユーフィリアは、アルヴァスの腕の中でぐったりと全身を弛緩させる。

　その身体をしっかりと抱きしめ、奥で欲望を吐き出したアルヴァスは、深い息をくり返しながらも、その熱棒の硬度はまったく衰えていない。硬いままの太いもので、ユーフィリアの胎内に彼が放ったものと、奥から湧き出てきた愛液を攪拌《かくはん》するかのように、緩く腰を使い続けている。

「や……だめぇ……あ……」

息つく暇を与えてもらえないユーフィリアは、懇願するかのように、熱の高まった白肌を震わせた。

その肌を大きな手のひらで撫《な》でながら、半開きになった可憐《かれん》な唇に、アルヴァスは何度も口づけをくり返す。

「すまない……解放してやりたいんだが、まだ治まらない……どうやら自分で思っていた以上に、俺はあなたに飢えていたらしい……」

「ん、んっ……っぁ……そんな……！」

大きな音を鳴らしてユーフィリアの唇を放したアルヴァスは、深く身体を繋いだ状態のまま、その場に立ち上がった。

「きゃあっ！　あっ……やあっ」

慌ててその首にしがみついたユーフィリアは、身体を支えるように彼の立派な体躯に細い脚を絡みつけるような格好を取らされ、羞恥に首を振る。

「いやです……こんなっ……あっ、あ」

細い身体を自分に巻きつかせて、あろうことかその場所から移動を始めながら、アルヴァスは悠然と語る。

「こういうやり方もあるのだが、あなたがいやだというなら無理強いはしない……ただ……身体を洗うのはあとになってもいいか？　まずは満足のいくまであなたを堪能したい……ユーフィリア」

耳もとで囁きかけられながらどこかへ寝かされた感触がしたので、ユーフィリアはそれまで固く閉じていた瞼《まぶた》を開いた。

「え……？」

自分にのしかかっているアルヴァスの背後に、寝台の天蓋のようなものが見える。背中にはシーツの感触もし、浴室の隅に据えられていた休憩用と思われる寝台に、横たえられたのだと知った。

「あ……」

不安定で羞恥的な体位から解放されたことに安堵の息を吐いたが、まだ心から安心できる状況ではない。アルヴァスと身体を繋いだままで、ユーフィリアを横たえたことで自由を得た彼は、これまでより大きく腰を使って抽挿を深く激しくしてくる。

「やっ……あぁぁ……あああんっ」

大きく引き抜かれ襞を捲《めく》られるたびに、腰が抜けそうになる虚脱感を与えられた。かと思えばまた奥まで押し入られることで、圧迫感と共に、為《な》す術《すべ》もなく彼に征服される被虐心《ひぎゃくしん》を煽《あお》られる。

「あんっ、あっ……あぁ……」

縦横無尽に刺し貫かれ、それでもアルヴァスにそうされることに、確かな悦《よろこ》びを感じている肉体をまざまざと実感させられる。

「あ、っ……ん、アルヴァス様ぁ……」

両手を差し伸べて懇願するような声を出すと、胸に強く抱きこまれた。

「なんて顔をするんだ……もう手放せなくなる……くそっ」

それからますます彼の動きが激しくなり、容赦なく身体を揺さぶられ始めたことはわかるが、自分がいったいどういう顔をしているのかなどユーフィリアには自覚がない。

「あっ、いやぁ……あんっ、あっ、あっ」

広い背中に必死で腕をまわし、その胸にしがみつくと、アルヴァスの腰に脚もまわさせられた。

「あんっ、や、ぁ……あぁ……っ」

さらに深くなった結合が腹壁を抉《えぐ》るように感じるのに、それを自らいっそう深めるかのように、脚に力がこもってしまう。

自分とは大人と子供ほども体格差があるアルヴァスの健康的な肌色の身体に、白く細い自分の身体が絡みついている光景はどれほど淫らだろうなどという考えが頭を掠《かす》め、ユーフィリアの肉体はますます濡れ、快楽に溺れてしまう。

「はんっ、あっ……ああんっ」

絶え間ない喘《あえ》ぎ声で、喉の奥まで乾きつつあるユーフィリアの唇を、アルヴァスがぺろりと舐めた。

意識がどこかへ飛んでしまいそうになっていたユーフィリアは、それではっと我に返り、身体の最奥に受けた刺激に、肌を大きく震わせる。

「あああっ！　あ――っ」

それは二度目の迸りが、アルヴァスのものから放出された瞬間だった。びくびくと全身を引《ひ》き攣《つ》らせ、自らも絶頂を極めたユーフィリアは、身体の奥にどくどくと熱いものが注がれていく感触を覚えながら、視界が暗くなっていく。

（あ、また……）

アルヴァスに抱かれると、行為が激しすぎて、ユーフィリアはどうしても途中で気を失ってしまう。その結果彼がシルビアに罵りを受けることになるのを申し訳なく思っているのに、意識を繋ぎ止めておくことができない。

（だって……）

ゆっくりと瞼を閉じていくユーフィリアに気づいたのか、慌てて頬を撫でてくれるアルヴァスの顔は、普段よりも数倍色っぽく艶《つや》めいた表情をしている。頬を上気させ、眉尻を少し下げた、苦しげで切なげなその顔を見ていると、ユーフィリアはとても胸が苦しくなり、彼を好きだと思う気持ちがますます大きくなる。

その顔が見たいあまりに、少し無茶をされても乱暴にされても許してしまい、アルヴァスに求められるまま身体を差し出してしまうのだから、咎《とが》めを受けるべきなのは本来彼だけではない。ユーフィリアも同罪だ。

それなのにまた、こうして意識を失ってしまうことで、アルヴァスばかりがシルビアに責められるのだろう。

「ごめ……なさ……」

かろうじて謝罪の言葉を残し、ユーフィリアの意識は闇の中へ沈んでいった。

「ユーフィリア……おい！　ユーフィリア！」

必死に呼びかけてくれるアルヴァスの声が、次第に遠く聞こえなくなっていく。

その瞬間も胎内にアルヴァスの熱を感じ、シーツから持ち上げるようにして抱きしめてくれる腕ばかりでなく、全身に彼の温もりを感じていられることが、ただ嬉しく、幸せだった。

「もう二度と……二度と……あの男に姫様は託しません！」

「そう言いながら、大切なお姫様をやっぱり預けてしまうのは……お前が心の奥ではあいつを信頼しているからだな」

「な！　そんなことはありません！」

「いや、お前は子供の頃から素直じゃないから……」

「それは……お兄様こそ！」

同じような声が問答をしているように聞こえるということは、おそらくシルビアとファビアンの兄妹が話をしているのだろう。それもユーフィリアのすぐ近くで――。

その状況を考えるまでには意識がはっきりとしてきたし、自分がどこかに寝かされているということも認識はできるのだが、ユーフィリアはまだ瞼を開けない。どうやらまた、気を失っていたらしかった。

（私……どうしたのだったかしら……？）

思考をめぐらせるユーフィリアを間に挟み、双子は会話をしている。部屋には他に人がいないようで、普段よりもお互いの心情に踏みこんで、より打ち解けた口調で話している。本当に仲のいい兄妹なのだなと、ユーフィリアはひそかに感嘆する。

「文句ばかり言いながら、本当はあの男に一目置いてらっしゃるくせに」

「私が？　馬鹿なことを言うな！　あんなやつ……」

「そうおっしゃりながら、あの男が持ち帰った書類を、大切に羊皮紙に貼られているではありませんか」

「これは……！　あの馬鹿が大切なものだと言いながら、ぞんざいな扱いをするから……」

「ふーん、相変わらず……ずいぶんと気の利く補佐官様ですね」

「シルビア！」

お互いに同じようなことを責めあっている様子が面白く、ユーフィリアはふっと笑みを漏らした。

「姫様！」

笑いに気づいたシルビアが、顔をのぞきこんだ気配がする。逆にファビアンのほうはユーフィリアが横たわる場所から離れていくように感じ、それが本当か確認するべく、重い瞼を必死に開いた。

「あ……」

思ったとおり、シルビアのほうは枕もとに置かれた椅子から大きく身体を乗り出したところで、ファビアンのほうは急いで部屋から出ていくところだ。

「アルヴァスに知らせてくる」

「はい！」

後ろ手に扉を閉めるファビアンに向かって力強く頷いたシルビアは、先ほどの決意とは裏腹に、アルヴァスの入室を拒む様子はない。やはりファビアンが言っていたとおりなのだと思うと、ユーフィリアの頬は自然と緩んだ。

「姫様、大丈夫ですか？　倒れた時にどこかをぶつけられたとか……？」

視界と共に記憶も鮮明になり、ユーフィリアも今では、自分がいったいどういう状況で気を失ったのか思い出せるが、シルビアはそこまで知らないふうなのでごまかす。

「いえ、そういうことはなかったので大丈夫よ」

アルヴァスに組み敷かれ、何度も快感を与えられた末に意識を手放したとは、これが初めてではないのでなおさら正直に言いづらい。

「だったらいいのですが……」

言えば、不安そうに表情を曇らせるシルビアの中で、ますますアルヴァスの評価が下がってしまいそうだった。それが表向きの態度だとしても、自分は双子にぞんざいに扱われていると思っているアルヴァスに、今以上の心労は与えたくない。

「湯に浸かりすぎてのぼせてしまったのかもしれないわ……」

「ああ、そうですね……あそこは珍しい形状の浴室ですから……それでは飲みものをお持ちします」

「ええ、お願い」

もっともな言い訳に納得してくれたらしく、シルビアが水瓶《みずがめ》から水を汲《く》み始めた姿に、ユーフィリアがほっと胸を撫《な》で下《お》ろした時、廊下と繋《つな》がる扉が開いた。

「ユーフィリア！」

焦った様子で駆けこんでくるアルヴァスに、ユーフィリアは笑顔を向ける。それを見て安堵のあまり肩の下がった姿が、はっきりと見てとれた。どれだけ心配をかけてしまったのだろうと、ユーフィリアは申し訳ない気持ちになる。

「アルヴァス様」

呼ぶ声に従い、アルヴァスが寝台に近づいてくるので、近くのテーブルに水の入ったコップを置いたシルビアは、入れ替わるように立ち去っていく。椅子に腰を下ろしたアルヴァスに、ファビアンが背後から羊皮紙の束を突きつけた。

「ほら……このために半月で五つもの国をまわったんだろう……その功績を披露する前に、自分で姫の体調を悪くしてどうする……だからお前は馬鹿だというんだ……」

「そうだな」

苦笑しながらその束を受け取ったアルヴァスの背中をばしんと叩き、ファビアンもシルビアのあとを追って部屋を出ていく。

「あ……」

横になったままでは失礼かと、寝台に座り直そうとしたユーフィリアは、アルヴァスに手で制された。

「そのままでいい。無理をさせたことはわかってるんだ……また……すまない」

「いえ……」

それに耐えるだけの体力か、拒むだけの意志が自分にあれば、こう何度もアルヴァスに気落ちした顔をさせることもないのにと、ユーフィリアこそ申し訳なくなる。

（私のほうこそ、ごめんなさい……）

言葉にすればまたアルヴァスに謝り返されてしまいそうで、心の中でだけ頭を下げると、目の前にファビアンが手渡していった羊皮紙を差し出された。

「何よりもまずあなたが恋しくて……己の欲に負けてすっかり遅くなってしまったが……ほら、土産《みやげ》だ、ユーフィリア」

「お土産……？」

その中の一つを手渡してもらい、何げなく顔の前で広げたユーフィリアは、そこに記されていた事柄に驚いて大きく目を見開く。

「これは……！」

ユーフィリアの手からそれを取り上げながら、アルヴァスが次の一つを手渡す。広げてみるとやはり同じようなことが記されており、何度もそれをくり返すうちに次第に胸が熱くなり、瞳からは涙が溢れてきた。

「ありがとう……ございます……」

「いや……これであなたの不安が完全に拭《ぬぐ》い去れるわけではないだろうが、少しでも気休めになればと思い、結婚式に列席してくれた各国の君主に晩餐会《ばんさんかい》の場で急いで約束を取りつけた……各国を訪ねて、実際に集めてまわるのはたいへんだったが……あなたが喜んでくれるのならそれでいい。俺にとってそれ以上の成功はない……疲れなんて吹き飛ぶ」

「はい……はい……ありがとうございます」

頭を撫でてくれる手に自ら頬を寄せて、ユーフィリアは何度も頭を下げた。

その羊皮紙には各国の言語で、ユーフィリアがヴィスタリア帝国の皇妃であることを一国の君主として証言する旨が書かれていた。中にはロズモンド王国の前国王であった父と親交の深かった人物もおり、王国の王女にまちがいないと記されているものもある。

そのために、ヴィスタリア帝国とは国交がなく土地も離れており、一見どういう条件で選んだのかわからない国々をアルヴァスはまわってきたのだと、ユーフィリアははっとする。

ロズモンド王国を中心に考えてみれば、国々はどれも隣接国だった。

「こんな……」

明らかに自分のために、アルヴァスは各国をまわってくれたのだとわかれば、羊皮紙を掴む手が震える。

そこに記されている文言は、内容はどれもほぼ同じだが、言葉も筆跡も最後に記されている署名も違う。各国の君主の名が記されており、各自の証印である玉爾までも押されていた。どこに出しても正式な文書として認められる、れっきとした公文だ。

「もしもあなたの祖国が何かを言ってきた時に、これだけの後ろ盾を得ていると答えるには数が少ないか？　ひとまずそれぐらいでいいだろうとファビアンも言ってくれたんだが……少ないようならまだ集めてもいい」

「いいえ！　いえ……じゅうぶんです」

羊皮紙を胸に抱きしめて、ユーフィリアはこらえきれずに寝台の上に半身を起こした。かすかによろめくとすかさず支えてくれる腕は、どうしてこれほど頼りになって温かいのだろう。

自分にはもったいないほどだという思いで、ユーフィリアは咽《むせ》び泣《な》く。

「泣くな……俺はあなたの喜んだ顔が見たかったんだ」

「はい……はい……」

必死に手の甲で涙を拭って、アルヴァスの顔を見上げた。眼差しを優しくした彼がユーフィリアの上に屈みこむように顔を近づけて、静かに唇を重ねる。

「あなたが抱えている問題は俺がなんとかする。何からも必ず守ってみせる。その決意のまだたった一歩に過ぎないが……まずはうまくいったようでよかった」

「はい……っく」

なるべく泣かないようにしようと懸命にこらえていると、かえって大きな嗚咽《おえつ》が漏れてしまう。その声が、静かな部屋に思いがけなく大きく響いてしまったとユーフィリアが思った直後、ばたんと大きな音を響かせて廊下へと続く扉が勢い良く開いた。

涙に濡れた瞳を大きく見開き、ユーフィリアはそちらをふり返る。

「あ……」

そこには品のいい眉を大きく吊《つ》り上《あ》げたシルビアが、大股を開いて立っていた。

「姫様の泣き声が聞こえました！　もうこれ以上見過ごせません！　帰ってきた早々具合を悪くさせたばかりか、そのあとすぐ懲《こ》りもせず、今度はお泣かせするような輩《やから》は、今すぐこの部屋から出ていけ！」

颯爽《さっそう》と扉の向こうに向かって手を振り上げるさまは、実に堂々としていて凛々しく、ユーフィリアは思わず息を呑む。

アルヴァスも驚いたようで、呆気《あっけ》に取られたようにしばらくその姿を見ていたが、シルビアの顔つきが緩むどころか、二人が寄り添っている姿を見てますます険しくなっていくので、その言いつけどおりにゆるゆるとユーフィリアから離れる。

「そうだな……今日のところはあなたも疲れているだろうし……もう退散することにしよう」

その言葉を寂しいと思ってしまったユーフィリアは、続くアルヴァスの話に、今度は慌てて自分から彼にもたれかかっていた身体を引いた。

「署名以外にもファビアンに頼まれていた件について、各国の答えをもう一度整理し直さなければならないし……」

「あ……」

「わかっているんならさっさとしろ！　花嫁といちゃつくのは仕事が全て終わったあとだ」

シルビアの奥から飛んできた声は、おそらくファビアンのものだろう。アルヴァスは肩を竦めながらそちらへ向かう。

しかしその途中で足を止め、ユーフィリアをふり返って、まるでいいことでも思いついたと言わんばかりに大きく破顔した。

「そうだな……よし、決めた！　せっかくの機会だし……半月後のあれに、ユーフィリアも伴って出席するぞ！」

突然元気を取り戻したかのように、堂々と覇気に溢《あふ》れた声を発した彼に慌てるのは、今度はファビアンの番だ。

「あれって……まさか、ユグンドラ王国の大園遊会か？　馬鹿なことを言うな！　どこへでも大礼服を着ていけばいいお前と違って、皇妃が参加するとなれば、支度にいったいどれだけの時間と資金がかかると思っている！」

シルビアの後ろから怒った顔をのぞかせたファビアンに、アルヴァスは悠々と腕組みしてみせた。

「我が国の国庫にはその程度の余裕もないのか？　俺が同盟を結んだ国から友好の印《しるし》として贈られた金品は、いったい何に使ったんだ？」

ファビアンの顔つきが厳しくなる。

「無駄に使ったかのように言うな！　騎士たちの装備品を整えて、馬を補充して……それでも余裕ならばもちろんある！　そもそも友好の印なんて穏やかなものじゃなく、お前がその横柄な態度と、物騒な剣技を見せつけて、各国から強奪してきたんだろうが……お姫様の前だからっていい格好するな！」

叫びには「ははは」という笑いで答えながら、アルヴァスは、今度はシルビアに向き直る。

「で？　わが花嫁の優秀な世話係様のほうは……やはり半月足らずの日数では、帝国の皇妃にふさわしい装いは、準備するのが難しいか？」

扉の前に立ちふさがるような格好になっていたシルビアは、これまでとは違う意味で眦《まなじり》をきりりと吊り上げた。

「誰がそんなことを言いました？　もちろん日数以内で、誰もが目をみはるような立派な装いを準備してみせます！　姫様ご自身の準備も含めて……簡単なことですわ！」

大声で言い切ったシルビアの姿を背後から見つめ、ファビアンがはあっとため息をついたことはユーフィリアにもわかった。

「じゃあ二人とも、ぜひ頑張ってくれ」

肩を叩《たた》いて部屋を出ていくアルヴァスと、むっとした顔でそれに追従するファビアンを見送り、我に返ったかのようにシルビアは瞳を瞬かせる。

「あ……」

わなわなと肩をいからせながら、両手を握りしめて絶叫した。

「あの男！　姫様と出かける予定を勝手に決めて……悔しいー！」

「ね、シルビア……」

宥めようと声をかけるユーフィリアをふり返り、それからシルビアは唇を引き結ぶ。

「こうなった以上は私も同行させていただきます。着つけには人手が必要ですし、ある程度の日数の旅になるでしょうから、身の回りの世話をするのに気心の知れた者のほうが、姫様もいいでしょうし……」

「そうね。そうしてもらえると助かるわ」

それはユーフィリアの本心だったので、心から感謝の思いで見つめると、またシルビアの顔つきが変わった。

「そうと決まればこうしてはおれません！　すぐに仕立て屋を呼ばなければ……！　園遊会なので帽子も必要ですよね……あとは舞踏会用のドレスと、あちらの国王に謁見《えっけん》する際のドレスと……」

ぶつぶつと指折り数えながら部屋から出ていこうとする背中に、ユーフィリアは問いかける。

「私も……何か手伝えることがあるなら手伝うわ！」

途端、シルビアが眼差しを厳しくしてふり返った。

「結構です！　姫様はまずゆっくりと休んで、ご自分の体調を整えるところから努力なさってください」

「はい……」

ユーフィリアはしゅんとうなだれて、アルヴァスが置いていった羊皮紙を大切に丸め、鍵をかけられるクローゼットの最上段にしまうと、また寝台の掛け布の中に潜りこんだ。

確かに身体はまだ疲弊しており、誰もいなくなり静かになってしまった部屋で城の外から聞こえてくる鳥の泣き声に耳を傾けていると、瞼が自然と重くなる。

「………」

まだ日が高いうちから何もせずに眠ることには抵抗があったが、そうできるだけの環境を整えてもらい、周りの人々に幾重にも守られて、安心して眠りに就くことができる心境にあることは、どれだけ感謝してもしきれない。

「ありがとうシルビア……ファビアン様……」

形はそれぞれだが自分を大切に扱ってくれる双子と、その双子と出会わせてくれたアルヴァスに、今日も感謝の思いを捧《ささ》げながら眠りに落ちる。

「ありがとう、アルヴァス様……」

塔の上の薄暗い部屋で背中を丸めて眠っていた頃と、ユーフィリアの眠る格好は同じだが、その表情はまったく異なっていた。幸せに包まれ、とても穏やかな顔で、窓から射《さ》しこむ柔らかな日差しの中、安息の眠りに就いた。

第六章

ユーフィリアがアルヴァスと共にユグンドラ王国へ旅立ったのは、それから半月後のよく晴れた日のことだった。

ユグンドラ王国は大陸でももっとも古い歴史を誇る大国であり、交通の要所に位置している。大陸中の国々が、遠方の国との交易のためには一度は通行しなければならない場所にあり、土地が肥沃で天候も安定していることに加え、各種産業も盛んで、豊かで恵まれた国だった。

その国が主催する各国の君主を集めての大がかりな行事に、ヴィスタリア帝国が招待を受けたのは、今回が初めてのことなのだという。

「ずっと『蛮国』と罵《ののし》られてきましたからね……ここへ来てようやく我が国の勢いを見過ごせなくなってきたというところでしょう」

六人乗りの箱馬車の中で、ユーフィリアの斜め向かいに座るファビアンが説明をしてくれる。

「血気盛んな新皇帝がいつどこに喧嘩《けんか》をしかけるかわからないので、様子見と牽制《けんせい》の意味で呼ばれたのではないですか？」

シルビアの見解に、ヴィスタリア帝国を出てからほぼ毎日、ずっと退屈そうに窓の外を見ているアルヴァスが、その格好のまま反論した。

「失礼だな。どれも立案者はファビアンだぞ。俺はいつもそれに従って動いているだけだ」

「私はあんな無謀な計画は立てていない！　勝手に変更しておいて責任転嫁するな！」

「そうですよ！　お兄様のせいじゃない！」

双子から同時に反撃を受けても、アルヴァスは特に気にしているふうではない。窓の外の景色に目を向け続けている。

（いったい何が見えるのかしら？）

向きあって座るユーフィリアの位置からも、飛ぶように過ぎていく風景は見えるのだが、何がそれほど彼の興味を引いているのかはわからない。

少し身体を乗り出してみると、アルヴァスがこちらを向いた。

「どうした？　あなたもやはり馬がいいか？」

「あ……」

生き生きとした目の輝きに、どうやら彼は、四人が乗った箱馬車を囲むようにして並走している騎士たちの姿を見ているのだと、ようやく納得する。どこへ行くにも普段は馬のアルヴァスにとって、箱馬車での移動は退屈なのだろう。

しかし公式に他国を訪問するのに一国の皇帝が馬で行くわけにはいかないと、今回はファビアンに厳しく止められている。それに従いながらも、気持ちは馬車の外に向いてしまうアルヴァスがいかにも彼らしい。

「姫様は絶対に無理です！　今日はもう王宮に着くのですよ！　この日のために準備した特別なドレスをお召しになっているのだから！」

眉を吊り上げるシルビアに向かって、アルヴァスが不敵に笑う。

「それじゃ俺は大丈夫ということだな」

走り続ける馬車の中で腰を上げるので、ユーフィリアは驚きの思いでその姿を見つめたが、次の瞬間腕を掴まれた。

「ユーフィリアも……少し乱れたらもう直せないような、仕立ての良くないドレスを着ているのか？」

不満げなアルヴァスの声に、シルビアがきりっと眦を上げる。

「失礼な！　もちろんすぐにお直しできます！　扱いの良さも高品質の条件の一つであって、今回お選びした生地は皺《しわ》にもなりにくく……」

詳細な説明は不要だとばかりに、アルヴァスは彼女の顔の前で大きく手を振った。

「じゃあ何も問題はないな。行ってくる。城に到着するまでにはこの窮屈な馬車へ戻ってくるつもりだから……あとは頼んだぞ」

笑顔を向けられたファビアンが、はあっと大きなため息を吐く。

「シルビア……」

自分のせいでアルヴァスにつけ入る隙を与えてしまったことに気づき、シルビアははっと息を呑んだ。

妹の失態に肩を落としながらも、ファビアンはアルヴァスに向き直って表情を厳しくする。

「行かせるわけがないだろう！　森を抜けたら居城はもうすぐだ。到着したらまず国王陛下へ挨拶にうかがう。お前にはそれまでに、俺がさっき考えた文言を一言一句まちがえずに覚えてもらわなければならない。おとなしくそこで復唱していろ！」

眉間に深々と皺を刻んだファビアンの前に、アルヴァスは一枚の紙をつきつけた。

「それならもう覚えた。『このたびはユグンドラ王国主催の大園遊会にお招きいただきまして、光栄至極に存じます。私はヴィスタリア帝国皇帝、アルヴァス・ライ・モーゼンツ。かねてから貴国との友好な関係樹立を熱望しておりましたので、このたびのお招きにあたり、折り入ってお話しさせていただきたい事柄がいくつかございます。まず一つ目は……』」

息つく暇もなく滔々《とうとう》と語り続けるアルヴァスの顔を、ファビアンは驚きに目をみはって見上げているが、向きあうユーフィリアも同じ思いだった。

普段の彼の語り口とはまったく違う言葉を、どうしてこれほど簡単に話せるのだろう。しかも口調にも声にも淀《よど》みがまったくなく、事前に準備された文言を述べているようには聞こえない。彼が今この時自分で考えて、語っているかのようだ。

実際、話しやすいように変えている部分はあるのだろうが、ファビアンから訂正の声が飛ばないところを見ると、内容は間違えていないらしい。

言葉遣いという点からも、話し方からも、相手に失礼なところなどまったくない。まるで生まれついての王族ででもあるかのように、堂々と覇気に満ち、気品さえ感じさせる。

呆気に取られたようなファビアンに向かい、おそらく準備されていたであろう文言を全て述べ終わったアルヴァスは、改めてユーフィリアの腕を掴み直した。

「じゃあ、ちょっと行ってくる」

馬車を操る馭者《ぎょしゃ》に声をかけて、いったん馬車を止め、近くを並走していた騎士の馬を借り、ユーフィリアの手を引いて移動してしまう間、悔しそうな顔をした双子が二人を制止することはなかった。

「すぐに戻る」

馬首をめぐらせるアルヴァスに向かってファビアンが苦々しげに呟《つぶや》いた言葉は、同乗するユーフィリアにははっきりと聞こえた。

「嘘《うそ》を吐け……」

宥《なだ》めるように寄り添うシルビアとファビアンに頭を下げ、ユーフィリアはアルヴァスと共に出発した。

「でも……本当によかったのでしょうか？」

馬に乗るアルヴァスの前に座らせてもらい、その両腕の中に守るように囲われながら、ユーフィリアは心配げに馬車をふり返る。

「構うことはない」

きっぱりと言い切ったアルヴァスは、森の中の道を走る馬車から離れ、木々の間へと分け入っていった。直前に雨が降ったのか、地面の調子はあまり良くないが、馬が足を取られないように細かく指示を与え、巧みにぬかるみを避けて進む。

その手綱さばきに感嘆の息を吐きながら、ユーフィリアも改めて周囲の景色に目を向けてみた。雨に濡れた木々の葉は緑色に輝き、その間から見え隠れする空は、今はもう綺麗に晴れ、ヴィスタリア帝国を出発した時と同じような青空が、頭上には広がっている。

雨のあとだからか森の中だからか空気が澄んでおり、大きく吸いこむと気持ちも身体の中も清められるような気がした。

「どうだ？　窮屈な馬車の中から抜け出してきてよかっただろう？」

何度も深呼吸をくり返すユーフィリアを、嬉しそうにアルヴァスが見下ろす。その笑顔に微笑み返して、ユーフィリアは大きく頷いた。

「はい」

シルビアとファビアンには申し訳ないが、こうして頬に風を感じて進んでいると、普段暮らしている場所とは違うところに来たのだということを強く実感する。見える風景ももちろんだが、空気が異なり、異国へ来たのだということを肌で意識した。

「アルヴァス様は、ユグンドラ王国へは……？」

問いかけに対し、顔は前方へ向けたまま、アルヴァスは語る。

「そうだな……まだ小さな隊を率いていた頃に来たことがあるかな。帝国とは違って街並みも整い、なんでもよく揃《そろ》っていることに驚いた……ユーフィリアは？」

問い返されたので、ユーフィリアはこぶしを固く握りしめて俯《うつむ》いた。

「父が存命の頃に一緒に……」

「あー……」

しかしここ二年間は、王女としての働きを求められなかったばかりか、王宮の隅にある塔から出ることさえ禁じられていたため、その記憶はまるで遠い昔のもののように思われる。

ひそかに胸痛めていることが伝わったのか、アルヴァスが肩に顎を乗せるようにして後ろから抱きしめてきた。

「そうか……父王と見た宮殿の中ももちろん素晴らしかっただろうが、街にも珍しくて面白いものがたくさんある……またこうして俺が連れ出してやる」

その腕のたくましさと優しさに、感謝の思いで、ユーフィリアは頬を寄せる。

「はい……ありがとうございます」

以前はどうであれ、アルヴァスに今こうして大切に守られていることに幸せを覚えながら、顔を上げた時、遠くから馬の嘶《いなな》きが聞こえた。

「………？」

「なんだ？」

ユーフィリアが首を傾《かし》げるより早く、アルヴァスはすでに鳴き声が聞こえたほうへ、自分が乗る馬の進路を変えている。

進むうちに木々の間に、一台の馬車が見えてきた。二頭立てのこぢんまりとしたものだが黒塗りで、金銀の装飾も美しく、身分がしっかりした人物が乗っていると思われる。

「どうした？　……大丈夫か？」

馭者《ぎよしや》らしき人物が馭者台を下り、馬車を後ろから懸命に押している様子に、アルヴァスは声をかけた。

「あ！　力を貸していただけますか？　車輪がぬかるみにはまってしまって……」

「よし」

さっさと馬を下りようとするアルヴァスを、ユーフィリアは慌ててふり返る。

「アルヴァス様、服が……！」

「あー……」

ユーフィリアに負けずとも劣らないほど、彼も今日は改まった服装をしていた。結婚式の時にも着ていた大礼服に大綬《たいじゅ》をかけ、服の前面には勲章がずらりと並んでいる。

それを、上から着ていた黒い外套《がいとう》ごと一気に脱ぎ去ると、アルヴァスはひらりと馬から飛び下りた。

「上着は預かっていてくれ。それさえ無事ならトラウザーズや靴がもし汚れても、ファビアンから奪えばこと足りるだろう」

それはまた彼に盛大に嫌な顔をされそうだと思いながらも、ユーフィリアはアルヴァスの外套と上着を受け取る。

「はい……」

ユーフィリアが乗る馬を木に繋いで、アルヴァスは立ち往生している馬車へと歩み寄った。駅者と思われる男と彼とではかなりの体格差があり、アルヴァスが力をこめて何度か押すと、馬車はあっさりとぬかるみから抜け出す。

何度も頭を下げる男を制し、それまで代わりに駅者台に座っていた人物が現れた。小柄な初老の男性で、もともとは馬車に乗っていたのだろう。身なりが立派で、かなり裕福な貴族のように、ユーフィリアには見える。駅者の男がとても丁寧な態度で接している。

「たいへん失礼をいたしました……この方が手伝ってくださったおかげで、なんとかなりました！」

「ああ、よかった」

アルヴァスが二人に向き直る。

「あんたが馬車の主《あるじ》か？　礼なんていらないから、使用人を困らせないためにも、これからはもっとちゃんとした道を走ったほうがいい……車輪が細い小綺麗な馬車なんだから……」

相手の身分など関係ないとばかりに、親しげな口調で話し始めるアルヴァスを止めようと、ユーフィリアは必死に声をかけた。

「アルヴァス様……！」

なんだと言うふうにふり返ったアルヴァスは、その表情からユーフィリアの意図を汲《く》み取《と》ってくれたようだ。照れたように頬を掻《か》きながら、男性にもう一度向き直る。

「あー……気をつけたほうがいいと思います。では、これで……」

言葉遣いを改めたものの、それはやはり勝手が悪いようで、早々に会話を終わらせようとするアルヴァスに男性が話しかける。

「この国の方ではない……ですな？」

すでに背中を向けかけていたアルヴァスはもう一度男性に向き直り、軽く頭を下げた。

「はい。ヴィスタリア帝国から来ました。先を急いでいますので……これで」

国王に招待されて王城へ向かっているはずの他国の皇帝が、こんなところで寄り道をしていると知られるのはさすがにまずいと思ったらしく、詳しい名乗りはせずに、この場を辞そうとする。

男性のほうもそれ以上詳しく訊《たず》ねるつもりはなさそうで、にこにこと笑顔で、アルヴァスと彼を見守るユーフィリアを交互に眺めた。

「そうですか。ヴィスタリア帝国から……それは遠いところをわざわざ……お疲れのところ、力を貸していただいて助かりました。息抜きにとこっそり出かけてきたので、このまま誰にも見つけてもらえないのではないかと困っていたところでして……」

男性の言葉に思い当たるところがあったらしく、アルヴァスの表情が緩《ゆる》む。

「それはよくわかります。息抜きは大事ですよね！　息抜きは！」

笑いあう二人に、馭者の男がおそるおそる話しかけた。

「あの……もう本当にお時間のほうが……」

男性は深く頷き、アルヴァスに向かって片手を差し出す。

「ユグンドラ王国での滞在が、あなたにとって有意義なものになるように」

アルヴァスも力強くその手を握り返した。

「ありがとうございます。道中お気をつけて」

一礼をして去っていく大きな背中を見送った男性は、アルヴァスの進む先に目を向け、じっとユーフィリアに目を留める。慌てて頭を下げながら、ユーフィリアはその眼差しに既視感を覚えた。

（あれ？　あの方どこかで……？）

会ったことがあるような気もするが、記憶ははっきりしない。

再び馬に乗り、ファビアンたちが待つ馬車と合流できる道まで戻り始めたアルヴァスに、そのことを伝えてみた。

「そうか……前にこの国へ来た際、会ったのかもしれないな……だとすればやはり、この国の要人だったのだな」

「はい……」

そのまま特に会話はなかったが、アルヴァスは馬車に帰るなり、ファビアンとシルビアに切り出した。

「あのな……金持ち国のお偉いさんも、休憩の仕方は俺と同じだったぞ」

「…………は？」

同じように怪訝《けげん》な顔をした二人に、ユーフィリアは説明をしなければと思うのに、アルヴァスの言い方と双子の反応が面白くて、なかなか言葉にできない。

「アルヴァス様ったら……ふふふ」

珍しく声を上げて笑い始めたユーフィリアを見て、表情を緩めたシルビアはもちろん、ファビアンも、それ以上アルヴァスを追求することはせず、馬車は和やかな雰囲気のまま、ユグンドラ王国の王城へとたどり着いた。

大陸一の勢力を誇るユグンドラ王国の王城は、ユーフィリアの祖国であるロズモンド王国と同じく、広い敷地の中央に煌《きら》びやかな宮殿がそびえる形式だったが、その壮麗さと規模は比べものにもならなかった。

大門を抜けた先にまだ森が広がっており、宮殿は屋根しか見えない。森が終わっても広大な庭園が続き、その後もさまざまな建物が連なっており、徒歩ではとても一日で最深部にたどり着けそうにはなかった。

幸いにも一行は馬車だったが、それでも同じような大きさと格式の馬車が長蛇の列を作っており、なかなか宮殿の入り口まで行けない。どうやらどれも今回の園遊会に呼ばれた、この国の名士や各国君主の馬車のようだった。

「こうならないためにと、帝国を早く出たつもりだったんだが？」

ファビアンの冷たい眼差しに怯《ひる》むことなく、アルヴァスはまた窓の外に顔を向けている。

「俺のほんのちょっとの寄り道で、差が出るほどの混み具合じゃないだろう、これは……」

それは彼の言うとおりで、もし予定どおりに馬車を進めていたとしても、せいぜい二、三台前につけていた程度だ。

それほど長い列になってしまっているのは、みなが一斉に同じ場所へ詰めかけているせいもあるが、全ての者が、園遊会の主催者でありこの国の君主である国王に、まずは挨拶をしなければとその順番を待っているからに違いなかった。

馬車を下り、宮殿の中に案内されてからも長い時間がかかった。すぐにどこかへ行ってしまおうとするアルヴァスを、ファビアンと共になんとか列に並ばせ、謁見の間へたどり着くまで一苦労だったが、いよいよ次は自分たちの番となり、ユーフィリアも胸を撫で下ろす。

（よかった……）

しかしアルヴァスの名前を聞き、部屋の中へと入っていった取り次ぎの者は、出てくるなり首を左右に振った。

「国王陛下はお会いにならないそうです。それでは次の方……」

事務的にそう告げ、後ろに並んでいる者と話を始めようとする男に、ファビアンが迫る。

「お待ちください！　それはいったいどういうことでしょうか？」

男はいかにも面倒そうにファビアンをふり返り、同じ言葉をくり返した。

「ですから国王陛下は、ヴィスタリア帝国の皇帝にはお会いにならないそうです」

「だから……！」

同じ質問をくり返そうとするファビアンの肩をアルヴァスが掴む。

「よせ」

こういう時、すぐに怒りの声を上げるのは決まってファビアンだ。アルヴァスはどちらかと言えば落ち着いた態度で、いつも彼を宥めようとする。すでに見慣れた光景とはいえ、外見からすればむしろ逆の二人の反応を、ユーフィリアはじっと見守る。

「会いたくないというのなら、どうしても今、無理に会う必要はない」

「しかし！」

遠路はるばるここまで来たのに、呼びつけた本人が面会を拒むとは、納得できない気持ちはユーフィリアにもわかる。

ファビアンの肩を何度か叩《たた》き、アルヴァスは踵《きびす》を返した。

「どのみち園遊会では顔を合わせるだろう……その時、言いたいことも聞きたいこともはっきりさせればいい」

声音は硬く、きっぱりとしており、多くの人でざわついていた広い廊下に重く響いた。言葉と共に謁見の間に背を向けたアルヴァスの姿は、騎士服の上に着けたマントの裾が見事に翻ったこともあり、その場にいた人々の脳裏に印象深く刻まれたに違いない。

長靴の音をコツコツと響かせ、彼がその場所からいなくなるまでの間、広い廊下は水をうったかのような静けさに包まれていた。みなが息を呑んで見守る中、黒ずくめのその姿が廊下の角に消えると、ようやくまたあたりに賑《にぎ》やかさが戻る。

短い言葉とその動きだけで、場の雰囲気を変えてしまうほどの影響力を目の当たりにし、アルヴァスが『雷帝』と呼ばれて恐れられている事実を、ユーフィリアは初めて実感する思いだった。足早に去っていくその背中を急いで追い、懸命に呼びかける。

「アルヴァス様！」

廊下を抜けて、そのまま宮殿から出てしまおうとしていたところだったアルヴァスは、その呼びかけに、はっとしたかのように足を止め、ユーフィリアのほうをふり返った。

その顔つきは、初めは何者をも寄せつけないような猛々《たけだけ》しいものだったが、ユーフィリアの姿を認めると、目に見えて柔らかくなる。

「ユーフィリア……」

駆け寄ったユーフィリアを抱き止めたばかりか、軽々と腕に抱え上げてしまうので、胸に飛びこんだユーフィリアのほうが焦る。

「アルヴァス様？　あの……！」

ここはヴィスタリア帝国ではなく、二人の寝室でもなく、他国の宮殿であるのにと、あたりを見回すユーフィリアの仕草を見て、アルヴァスの表情はますます柔らかくなった。

「あなたは……俺の、抑止剤だな」

「え？」

突然何を言い出されたのかよくわからず、瞳を瞬かせるユーフィリアに、アルヴァスが顔を近づけてくる。

「大切な……安らぎだ」

「あ……」

切れ間なく延々と宮殿の中に入ってくる人々が、いったい何事かと興味深く視線を向ける中で、そんなものは気にも留めず、アルヴァスはユーフィリアに口づけようとする。

「だめです……」

その胸を押し返すことなど、力の差がありすぎてユーフィリアにはできない。多くの視線を浴びながらアルヴァスと唇を重ね、恥ずかしさに頰を染める。それでも自分を見つめる彼の眼差しの優しさには、満ち足りた幸せを感じていた。

「ひとまず、与えられた部屋へ行って休むか」

「はい」

あとから追いかけてきたファビアンやシルビアと合流し、宮殿の奥へと進む人の波の中へ再び混じる。

その姿を、少し離れた場所からじっと見ている人物がいることには気がついていなかった。

「ユーフィリア……！」

情念のこもったその声が耳に届くことも、今はまだなかった。


その日の午後から始まった園遊会は、宮殿前に広がる広大な庭園をほぼ全面使った大がかりなものであり、多くの招待客で賑わいだ。

とても人が多く、一度はぐれてしまうと会えなくなる可能性があるため、ユーフィリアはアルヴァスとファビアンとシルビアから離れないように気をつけていたのだが、国王との面会の順番を待つため、ファビアンは列に並ぶという。

「今度こそお会いしなければ……何のためにここまで来たのかわからない！」

その傍を離れたくなさそうなシルビアには、彼に同行するようにユーフィリアが勧めた。

「いいのですか？　では……お言葉に甘えて」

いそいそとファビアンを追いかけていくシルビアの後ろ姿を、アルヴァスは肩を竦《すく》めながら見送る。

「いったいいつまで双子で一緒にいるつもりなんだか……まあ、二人がいいのならそれでいいが……」

庭園はたいへんな混雑だったが、ユーフィリアとしてはアルヴァスから離れさえしなければ、何も問題はないつもりだった。しかし同じような格好をした人々の中に、よく見慣れた横顔を見つけたような気がして、思わず足を止める。

「え……お兄様？」

それはロズモンド王国の現国王であるラークフェルドによく似た人物だった。

この国の名士や各国の君主とその同行者たちを集めて催されている園遊会なので、兄がいることも不思議ではないが、その反対を押し切って祖国を出たユーフィリアはためらいを覚える。

あの時別れの挨拶もできなかった兄とは、いつか向きあい、自分の正直な気持ちを伝えなければと思っていた。しかしそれは今すぐにではなく、いつかの未来のつもりだった。今、兄と向きあって、堂々と話すことができるのかは、正直まだ自信がない。

それほど、王女という立場を奪われてからの二年間、ユーフィリアにとってラークフェルドは絶対的な存在だった。

「あ……」

迷ううちに人ごみの中にその横顔は紛れてしまったが、隣にいたはずのアルヴァスもいつの間にかいなくなっている。

「アルヴァス様?」

かなり背が高く、周りの人々より頭一つ出ているアルヴァスはどこにいても目立つはずなのに、周囲を見回しても見当たらない。

「アルヴァス様ー！」

ひょっとしたらもうこのまま会えないのではないかと、不安に背筋が凍るような思いさえ感じながら、ユーフィリアが呼び声をひときわ大きくした時、思いがけないほうから返事があった。

「こちらだ、ユーフィリア」

目の前の人波を越えた先、木々の間で、大きく伸びをしながらこちらに向かって手を振っている姿が見える。ほっと全身から力が抜けた。

(よかった……)

思わずこみ上げてきそうになっていた涙を、首を強く左右に振ることでごまかし、ユーフィリアはそちらへ向かって駆けだす。

「アルヴァス様！」

行き交う人々の間をうまくすり抜け、駆け寄った瞬間に飛びついてしまおうかと思ったが、寸前でそれを思《おも》い留《とど》まった。

彼は一人ではなかった。煌びやかな衣装に身を包んだ小柄な男性と、ワインの入ったグラスを片手に、大きな木の下で談笑している。

「あっ」

慌てて足を止め、乱れていた長い髪を手で撫でつけたユーフィリアは、こちらをふり返った男性の顔を見て、ほっと息を吐いた。

「あ……」

それはこの城へ向かう途中、森の中で馬車の車輪がぬかるみにはまって立ち往生していたところを、アルヴァスが助けたあの紳士だった。

「またお会いしましたね、お嬢さん」

笑顔を向けられるので、ユーフィリアはドレスの裾を摘《つま》み上《あ》げて優雅に腰を屈《かが》める。

「はい……」

アルヴァスが隣に来いとばかりに腕を広げるので歩み寄ると、肩を抱き寄せられた。

「妻のユーフィリアです」

誇らしげに胸を張るアルヴァスと恥ずかしさに頬を染めるユーフィリアを、紳士は目を大きく見開いて何度も交互に見た。

「なんと！　妻女でしたか……あんなところをこっそりと馬で走っているふうだったので、私はてっきり……」

「道ならない恋か、結婚を認めてもらえない男女にでも見えましたか？　ははは……これでも、ちゃんと神の前で誓いを立てた夫婦です」

「そうですか……それはよかった」

すっかり意気投合したらしく、アルヴァスとしきりに笑いあっている紳士は、なぜかユーフィリアに慈しむような眼差しを向けてくる。

「……？」

そういった表情で見られることがあまりないため、ユーフィリアは気になってならないのだが、アルヴァスが紳士との話に夢中なので、間に割って入ることは難しい。

「それで……どこまで話したんでしたか？」

「口うるさいお目付け役からの逃げ方です」

「そうそう！　私が若い頃は……」

ファビアンが聞いたら目を剥《む》いて怒りそうな内容を、紳士から伝授されているふうのアルヴァスから、ユーフィリアはそっと離れる。

「私も、何か飲み物を持ってきます」

「だったら俺が！」

「私が！」

アルヴァスも紳士も、代わりに行くと申し出てくれたが、ユーフィリアは笑顔で断った。

「大丈夫です。自分で行きます」

食べものを並べてあるテーブルは、それほど遠くない場所にある。もうアルヴァスを見失わないように、その姿を見ながらでも行って帰ってこられる距離だ。

話が弾《はず》んでいるふうの二人を、邪魔したくもなかった。紳士がどういう人物なのかはまだ正式に名乗られていないのでわからないが、この場にいるところを見ると、やはりユグンドラ王国の有力な貴族であることにはまちがいない。アルヴァスにとって、親交を深めておくのは有益だと思われた。

なるべく心配をかけないようしっかりとした足取りで、食べものが並んだテーブルへ向かったユーフィリアは、その豪華さに瞳を見開く。

「わあ……」

祖国のロズモンド王国でも、今暮らしているヴィスタリア帝国でも、これほどの贅沢《ぜいたく》な食事は見たことがない。香辛料をたっぷりと使った魚料理も肉料理も、南方の国の珍しい果物も色とりどりのお菓子も、その材料となる品物がじゅうぶんに集まり、好きなだけ売買ができる国力を有するユグンドラ王国だからこそ、これほどの量を同時に並べることができる。

国の豊かさは、広い庭園がぬかりなく手入れされているところにも表れており、ユーフィリアは感嘆の息が止まらなかった。

「本当にすごいわ……」

「何かお取りいたしましょうか?」

給仕係の者に声をかけられ、自分よりもアルヴァスたちに、何種類か皿に盛って届けてくれるよう頼む。

「私よりもあちらの方たちに……」

見えるのはアルヴァスの広い背中ばかりで、紳士の姿は見えなかったが、大柄なアルヴァスの陰になっているのだろうと判断した。

「私は自分で……」

気になるものを少しだけもらおうかと手を伸ばしたところで、その細い腕を何者かに掴《つか》まれる。

「え？」

突然のことに驚いて顔を跳ね上げたユーフィリアは、手の主を確認して表情をこわばらせた。

「お兄……様……」

それは二カ月前に、祖国で別れた兄のラークフェルドだった。先ほど人波の中で見かけたよく似た人物は、やはり兄本人だったのだとユーフィリアは息を呑む。

別れた頃より髪が伸びた兄は、白金の髪を首の後ろで軽く結わえていた。日の光に透けるような淡い色の髪が、以前のような輝きを失っているように見え、違和感を覚える。

母子同じその髪色を、ラークフェルドの母であるイヴォンヌ王太后はたいそう自慢にしており、二人よりも明るい金髪のユーフィリアは、下品な髪色だと誹《そし》りを受けたこともあった。その兄の髪が、艶《つや》を無くして金よりも白に近くなったように見える。

それはげっそりとこけた頬のせいもあるかもしれない。顔色が悪く、目ばかりがぎょろりと大きいのだが、薄水色の瞳は、以前よりも冷たさを増しているように感じる。

間近から睨《にら》むように見つめられ、ユーフィリアは動きを封じられたかのようだった。

「久しぶりだな、ユーフィリア……こんな場所で会うとは思わなかった」

腕を掴む手の力はかなり強く、ユーフィリアは思わず悲鳴を上げそうになるが、周りにいる人々に何が起こったのかと奇異の目を向けられるわけにはいかないので、なるべく気にしないようにしながら、笑顔で兄に応対しようとする。

「私もです。お兄様……」

「そんな顔をするようになったのだな……」

手にさらに力をこめられ、ユーフィリアは歯を食いしばるのに必死だった。

ここ二年ほどの兄からは、自分を侮蔑するような感情と、行動を制限する厳しさしか感じたことはなかったが、それが二ヶ月前よりもさらに増大しているように感じる。

このままでは何をされるかわからない恐怖を感じ、助けを求めるようにアルヴァスがいるはずのほうへ視線を泳がせたが、あの大きな木の下に彼の姿はなかった。

（そんな……！）

狼狽《ろうばい》するユーフィリアの手を引き、ラークフェルドは歩き出そうとする。

「帰るぞ、ユーフィリア」

ユーフィリアは渾身《こんしん》の力で、その場に踏《ふ》み留《とど》まった。

「どこへですか？　待ってください、お兄様！」

祖国のロズモンド王国へ帰ろうと言われているのだとは察しがついたが、とても了承できるようなことではない。

「私はアルヴァス様と……」

瞬間、大きな音を響かせて頬を叩かれた。

「その名前は口にするな！」

あまりの勢いに身体の均衡を失ってその場に座りこんだユーフィリアは、いったい何が起こっているのかよくわからない。呆然としながら叩かれた頬に指先で触れると、灼《や》けつくように熱かった。口の中は血の味がする。

周りにいた人々は、みな驚いたように後退《あとずさ》ったが、座りこむユーフィリアに誰も救いの手を差し伸べようとはしない。ラークフェルドを囲むロズモンド王国の従者たちが、「陛下！」と口々に叫びながら彼を制止しようとしている様子と、頬を叩かれたユーフィリアがラークフェルドを兄と呼んでいることで、一国内のごく私的な問題だと判断されたらしい。小声で何かを囁きあいながら、遠巻きにしている。

問題を起こしたことが園遊会の主催者であるユグンドラ王国の国王の耳に入れば、祖国のためにも帝国のためにも良くないと思い、ユーフィリアは必死に平気な顔でその場に立ち上がろうとする。

しかしラークフェルドがさせてくれない。ユーフィリアの腕を掴んだまま地面に引きずるような格好で、強引に進もうとする。

「帰るぞ、あの塔へ……今度こそどこへも逃がさない」

「待って！　待ってください、お兄様！　私はもう王国へは帰りません。アルヴァス様と結婚したのです！」

ラークフェルドがくわっと瞳を見開いた。

「そんな結婚、私は許可していない！」

「でも……！」

敗戦の代償としてユーフィリアをヴィスタリア帝国へ引き渡すというのは、もともとイヴォンヌ王太后が受け入れた条件だ。確かに兄は最後まで賛成しないと主張していたが、神の前での誓いも済ませた今になって、許可していないと言い出されても、ユーフィリアはもう懇願することしかできない。

「お願いします、放してください！　私はもう王国へは戻りません！」

「だめだ、このまま連れ帰る」

「ヴィスタリア帝国の皇妃になったのです！　帝国で生きていきます！」

「皇妃……？」

ユーフィリアの懸命な主張を嘲るように、ラークフェルドは唇の端を歪《ゆが》めて笑った。

「何を言っている？　そんな資格もないくせに……」

「あ……」

兄の表情が変わったことは、ユーフィリアにも目に見えてはっきりとわかった。地面に座りこんだままのユーフィリアを頭上から見下ろし、侮蔑するかのように薄ら笑っている。

「王の娘であると謀《たばか》り、蛮国の王に取り入って手に入れた地位だろう……お前にその資格はない！　お前は我が国の王女などではない！」

父の死後、毎日のように聞かされ続けたその言葉は、ユーフィリアから逃げようという意志を奪うのにじゅうぶんな呪いの言葉のようだった。刷りこまれた習慣から逃れられず、その言葉を浴びせられると身体が凍りつき、動けなくなる。

「騙《だま》されたままこの世を去った父のためにも、何としても私が隠匿《いんとく》しなくては……だから帰るだろう？　ユーフィリア……あの塔の中だけで暮らすのならば、悪いようにはしない……これまでそうだったように、私が何からも守ってやる……」

酷薄な笑みには、ところどころ子供時代の本物の笑顔も混じっているように見え、そう思うともうユーフィリアは兄に逆らえない。本当に仲が良かった子供時代に戻れるのではないかと、あり得ない希望を繋《つな》いでしまいそうになる。しかし――。

「それでも地位が欲しいというのなら、母親と同じ地位を与えてやる……王の愛妾《あいしょう》という地位を……」

いったい何が起きているのだろうかと遠巻きにしている人々に、聞こえないほど小さく囁かれた声は、今度こそ本当にユーフィリアの身体も心も凍りつかせた。

「え……？」

驚愕の思いでその顔を見上げたユーフィリアに、ラークフェルドはもうとても兄とは呼べない劣情を宿した目を向けてくる。

「いずれはそのつもりだった。それなのにあの男が……！」

忌々しげにアルヴァスのことを語る兄が、これまでとは違う意味で恐ろしく、ユーフィリアは地面に座ったまま後退った。

「いやです……」

顔色を失くしながらも、懸命に首を振るユーフィリアに、ラークフェルドが手を伸ばしてくる。

「お前の気持ちなど聞いていない。もともとお前に、選ぶ余地などない。父が亡くなった時、城を追い出さずに塔に閉じこめたのは、いったいどうしてだと思う？　……私はこれまで一度も、お前を妹だと思ったことはない。ただその綺麗な顔だけは、子供の頃からずっと気に入っていた……」

それではユーフィリアがこれまで兄妹の情だと感じていたものは、すべてかん違いだったのだろうか。そう思うと喉の奥に熱いものがこみ上げて来そうになるが、今は泣いている場合ではない。鼻と口を手で覆い、必死に涙をこらえる。

「帰るぞ。ユーフィリア」

肩を掴もうと伸びてきたラークフェルドの手を、ユーフィリアは渾身の力で払《はら》い除《の》けた。

「いやっ！」

驚いたようにラークフェルドが打ち払われた手を見つめているうちに、急いで立ち上がり、萎えた足を励まして懸命に走る。

「ユーフィリア！」

あとを追ってくるラークフェルドの声に追いつかれないよう、これまで生きてきた中でも一番早く駆けた。先ほどまでアルヴァスがいた場所へと、たどり着こうという手前、背後から伸びてきた手に腕を掴まれる。

「きゃあっ！」

一瞬、ラークフェルドに捕まってしまったのかと思ったが、そうでないことはすぐにわかった。同じように腕を掴んでも、その手はユーフィリアを傷つけたりなどしない。痛みなどまったく感じさせないほど優しく、それなのに決してふり解《ほど》けないようにしっかりと、ユーフィリアをもっとも安心できる場所へ引き寄せる。

「ユーフィリア！　どうした？」

たくましい胸に抱きしめられ、その腕に縋ってユーフィリアは泣き崩れた。

「アルヴァス様！」

心も身体も限界だった。兄に追いつめられ、ぎりぎりの状態だった気持ちにも、ようやく安《あん》堵《ど》の思いが広がる。そうすると、恐怖でか嫌悪でか、身体が震え出した。

ぶるぶると震えるユーフィリアを腕に抱き上げて、アルヴァスは遅れてその場所へやってきたラークフェルドと対峙《たいじ》する。

「ユーフィリアを放せ！」

「放すはずがないだろう、俺の妻だ」

アルヴァスの声には怒りがこもっており、ひどく低かったが、落ち着いているように聞こえた。それに対し、またもユーフィリアを奪われたことで、すっかり分別をなくしてしまったラークフェルドは、ここが大陸随一の大国の園遊会の場であることも忘れたかのように、大きな声でまくしたてる。

「その女に何を言われたのか知らないが、それは我が国の王女ではない！　ロズモンド王国の先王であった父の本当の娘ではない！」

アルヴァスの胸に深く顔を埋めたユーフィリアにも、周囲の人々のざわめきが聞こえてくる。

こうなることを恐れ、ユーフィリアはアルヴァスのもとを去るべきではないかとあれほど悩んだのに――。

アルヴァスはユーフィリアの居場所を作るべく、いくつもの国をまわり、帝国の皇妃と認める証書を集めたのに――。

その努力を一瞬で無にしてしまうほど、ラークフェルドの狂気じみた糾弾の声は、ユグンドラ王国の広い庭園に大きく響いた。

巨大な噴水の前で優雅な音楽を奏でていた宮廷楽団の演奏さえも止まり、あたりが水を打ったかのようにしんと静まり返る中、沈黙を破ったのはアルヴァスの声だった。

「言葉を慎んだほうがいい。それ以上俺の妻を侮辱するなら……ただではおかない」

始めは冷静に、なるべくことを荒立てずに話をしようとしているふうだったその声が、次第に怒気をはらみ、聞く者を全て震え上がらせるかのような迫力に満ちていったことは、その腕に抱かれているユーフィリアには誰よりもよくわかった。

「だめ、アルヴァス様……」

少し眼差しを強くすれば、対峙する相手を震えあがらせてしまうほど、敵と向きあった時の彼の顔つきが鋭いことも知っている。各国の友好を深める場である園遊会で、アルヴァスが不穏な空気を醸し出せば、ヴィスタリア帝国にとって初めての招待であった今回が、最初で最後になってしまうかもしれない。

それは彼のためにも、ヴィスタリア帝国のためにも絶対によくない。

ユーフィリアは心を強く持って、アルヴァスの顔をふり仰いだ。

「私は平気です。こうしてあなたの腕の中にいるのだもの……ね？」

語るうちにアルヴァスとは逆に、自分の表情が緩んでいくのを感じた。これまでがどうであれ、祖国からの評価が何であれ、今はこうして愛する人の腕の中にいる。その事実が恐怖に支配されそうだったユーフィリアの心を明るくし、その顔を笑顔にさえする。

声に従って腕の中のユーフィリアに目を向けたアルヴァスが、ほっと大きな息を吐き、表情を柔らかくした。

「そうだな……」

重なってくる唇は、これまで経験した中でも、結婚式に次ぐほどの多くの人数が見つめる中で受け止めたものであり、恥ずかしさもあったが、ユーフィリアの中では幸福が勝った。

「アルヴァス様……」

二人の口づけで、固唾を呑んだようにことの成り行きを見守っていた人々が散り散りになり、宮廷楽団もまた優雅な音楽を奏で始めた。

その中にあって、ラークフェルドだけがその場に取り残されてしまったかのように、いつまでも動かない。

ユーフィリアを腕に抱きかかえたアルヴァスは、あえてその格好のままラークフェルドに近づいた。

「来い。決着をつけよう」

彼の誘いに兄がおとなしく乗るとはユーフィリアには思えなかったのだが、ラークフェルドは悔しげに、アルヴァスのあとをついて歩き始めた。

各国の君主が他国との友好を深めることを目的とする園遊会で、ユーフィリアとアルヴァスとラークフェルドが囲んだテーブルだけは、およそ友好などとはほど遠い雰囲気を醸し出していた。

白い丸テーブルの上に広げられたのは目にも美しい料理の数々ではなく、この日のためにアルヴァスが準備した五つの国の君主たちの証書だ。

「キュリド王国、ロアーヌ公国、ビュッセン帝国とシューバリア王国……少なくともこれらの国は、ユーフィリアをヴィスタリア帝国の皇妃として認めると言っている。どれもロズモンド王国の周辺国だ。この意味はわかるな？」

事態は決してラークフェルドにとって楽観できるものではないはずなのに、その態度の大きさは変わらない。

「それがなんだ？　わが国では王女ではないとする結論がすでに出ている。周辺国が何と言ってもそれは覆《くつがえ》らない」

頑《かたく》なな態度にアルヴァスは舌打ちするが、ユーフィリアがぴったりと隣に寄り添っているので脅すような声を発することはない。あくまでも穏便に話しあいを進めようとしてくれている。

「これを持って俺はこれからユグンドラ王国の国王に謁見する。大陸一の大国の王からも証書を得てユーフィリアの立場をより強固にすることが、今回この園遊会に参加した最大の目的だ」

「え……？」

それはユーフィリア自身も聞かされていなかったことであり、驚きの思いを大きくした。

「この国の王か……いいだろう……やれるものならやってみろ。私もそれを見届けよう……もし失敗したなら、ユーフィリアは即座にロズモンド王国へ連れ帰る。王国の王女を騙《かた》って蛮国の皇妃の座に収まるなど……我が国の恥だからな」

いくつもの侮辱の言葉に、爪が手のひらに食いこむほど強くアルヴァスがこぶしを握りしめていることはユーフィリアにもわかったが、それを応援するようにその手に自分の手を重ねた。

「わかった」

短く答えたアルヴァスの先に立ち、ラークフェルドは素早く歩き出す。

「ならば私が、国王陛下との面談の座を設けてやろう。蛮国がいくら待っても、永遠にその時は訪れないだろうからな」

実際、ラークフェルドの言葉は真実で、国王が座するという周囲に布を垂らした四阿《あずまや》の前で、長い列に延々と並んでいたファビアンとシルビアは、またも面会を断られてたいそう激昂《げっこう》しているところだった。

「だからどうして！　わが国の皇帝とは会えないのですか？」

「会う必要はないと陛下がおっしゃっておりますので、どうぞお引き取り下さい」

「何度も引き下がれますか！」

同じ顔をした男女の双子によく似た声で交互に責められ、取り次ぎ係も困っている様子だ。

「ファビアン！　シルビア！」

アルヴァスの呼びかけに従ってこちらをふり返った二人は、同じような憮然《ぶぜん》とした表情をしていた。

「これでは本当に、何をしにきたのかわからない！」

語気を荒げるファビアンを押し退《おの》けるようにして、ラークフェルドが取り次ぎ係の前に立つ。

「ロズモンド王国国王、ラークフェルド・プレオベール・ロズモンドだ。国王陛下に取り次ぎを頼む」

取り次ぎ係はラークフェルドの顔を見てほっとしたかのように、布の向こうへ入っていった。

「少々お待ちください」

「ロズモンド王国？」

ユーフィリアに向かって怪訝な目を向けてきたファビアンに、アルヴァスが向きあう。

「確かに……ユーフィリアの祖国の王だ。これから俺がユグンドラ国王に願い出ることを、一緒に見届けるそうだ」

「しかし！」

掴みかからんばかりの勢いでアルヴァスににじり寄ってから、ファビアンは声をひそめた。

「ロズモンド王国とユグンドラ王国は古くから親交がある……一緒に行って、こちらに分がいい証言をもらえるとはとても思えない」

「仕方がない。そこは俺の話術で……」

「お前の話術などあてになるか！」

くわっと瞳を見開くファビアンを見て、アルヴァスはいったん表情を緩め、それからもう一度引き締めた。

「大丈夫だ。ユーフィリアの名誉と、これからも共に生きていけるのかがかかっているのだから……俺の全力で臨む。絶対に負けない」

強い意志と闘志を感じさせる眼差しに、はあっと大きくため息をついてファビアンは一歩後退った。

「しっかりやれ」

こぶしでアルヴァスの胸を軽く叩き、鼓舞するような言葉を残して、踵を返す。シルビアに肩を抱かれてその様子を見守っていたユーフィリアも、ファビアンのあとに続いた。

「いくぞ」

無事に面会を許可されたらしいラークフェルドが、細い顎でアルヴァスを国王の座する場所へと促す。

どうぞうまくいきますようにと、胸の前で両手を組みあわせるユーフィリアに頷き、アルヴァスはラークフェルドと共に布の向こうへ進んでいった。

挨拶と名乗りなどがおこなわれているようだが、宮廷楽団の音楽が大きすぎて、よく聞き取れない。円形の四阿は周囲を布で完全に囲ってあるので、姿もまったく見えない。このまま面談が終わるまで、祈るように待つことしかできないのかと思いながら、ユーフィリアは指を組み直した。

（がんばってください……アルヴァス様！）

その瞬間、楽団の音楽さえも打ち消すかのように大きな声が布の向こうから響く。

「そんな馬鹿な！　そんなことはとても認められません！」

声はラークフェルドのもので、いったい何が起こったのだろうと、ユーフィリアの気持ちは落ち着かなくなった。

「そんな……それでは、でも！　しかし……！」

どうにかして布の向こうを見ることはできないものかと、踵を上げてせいいっぱい背伸びをしていると、背後からシルビアに抱きかかえられる。

「きゃっ」

思わず悲鳴を上げたユーフィリアを、シルビアはすぐに地面に下ろした。

「やはり私程度の身長では、抱き上げてさしあげてもそう変わりませんね……こういう時に便利な『雷帝』は自分だけ布の向こうだし……非力なお兄様にお願いしても無理だし……」

「失礼なことを言うな！　私だって本気を出せば……！」

緊迫した状況の中で喧嘩《けんか》を始めようとする双子を、ユーフィリアが必死に仲裁していると、布の向こうから一人の女性が出てきた。

「ユーフィリア皇妃殿下？」

その呼称で呼んでもらえることにどきりと胸を跳ねさせながら、ユーフィリアは一歩を踏み出す。

「はい。私です」

国王の傍付きと思われる女性は、しなやかな動作でユーフィリアを手招いた。

「国王陛下がお呼びです」

「え……?」

突然呼ばれたことに緊張を覚えながらも、この日のためにとシルビアが準備してくれたドレスのスカートの襞《ひだ》を、ユーフィリアは素早く伸ばした。

(大丈夫よ。本当ならば宮殿についた時点で、ご挨拶するはずだったのだもの……その時お話しするはずだったことを申し上げて……)

急いで頭の中を整理し始めたユーフィリアに、シルビアが励ましの声をかける。

「落ち着いて、姫様！　きっと大丈夫です」

その隣でファビアンも頷いてくれ、ユーフィリアも頷き返して傍付きの女性のあとを追った。


布の中は、外で見るより広々としており快適だった。正面に置かれた大きな玉座以外には、座る場所もなく、玉座に向かって傅《かしず》くようにひざまずいている者も、最小限の人数だからかもしれない。

兄が地面に座りこみ深く俯《うつむ》いているので、ユーフィリアもそれに倣って隣に座ろうとした。同じ場所にアルヴァスがいないことには驚いたが、大国の王の前であまりきょろきょろと周囲を見回すのも行儀の悪いことだと思ったからだ。ひとまず兄に倣えば、まちがいはないだろう。

しかし座るより早く、思いがけない方向から声が飛ぶ。

「ユーフィリア、いいからもっと近くに来い」

それはアルヴァスの声にまちがいないが、玉座があるほうから聞こえたように感じ、ユーフィリアはいぶかしい思いでそちらに視線を向けた。

「…………！」

そして驚きのあまり、そのまま動けなくなった。

（え？　ええっ？）

心の中では驚きの声を発しているのだが、音になって喉から出てくることはない。ぽかんと開いたままの口が奥まで一気に乾いてしまい、息をすることさえすっかり忘れてしまっている。

「なんて顔してるんだ、ははは」

アルヴァスが声を上げて笑い始めたので、ようやくそれが夢ではなく現実の光景なのだと認識できたが、彼が玉座の隣に寄り添うように立っていることが信じられなかった。

「そんな……」

呻《うめ》くように同じ言葉をくり返している足もとの兄も、同じ心境のはずだ。

「どうして……？」

からからに渇いた喉で、呟《つぶや》くようにようやく発した疑問の言葉に、玉座に座る人物が答えをくれる。

「私がユグンドラ王国国王、ルーセント一世だ。ユーフィリア嬢、いや皇妃殿下だな……かしこまることはないからアルヴァスと同じようにもっと傍に来ればいい」

そこには少し前までアルヴァスとユーフィリアと共に庭園の隅で語らっていた、あの小柄な男性が座っていた。

やはり現実のこととは思えず、ユーフィリアは何度も瞳を瞬かせる。

「はい。でも……」

もとはアルヴァスが森で立ち往生していた馬車を助けたことで知りあったその人物に、ユーフィリアは確かにまだ名前を聞いていない。ユグンドラ王国の有力な貴族だとは思っていたが、まさか国王だったのかと驚きの思いがいつまでも収まらない。

アルヴァスはこのことを知っていたのだろうかと、訊《たず》ねるように視線を向けると、肩を竦められた。

「俺も知らなかった。ルーセントという名前だと教えられたから、ルーセントさんと呼んでいた」

困ったように眉尻を下げるアルヴァスの顔を見上げ、ルーセント国王は大きく破願する。

「私のほうは初めからわかっていた。ヴィスタリア帝国の新皇帝『雷帝』は有名だからな……噂《うわさ》のように乱暴者でも無礼者でもなかったが、力が強いのは本当だった。おかげで助かった」

森でのことに言及され、軽く頭を下げられるので、アルヴァスも慌てて下げ返している。

「いえ……」

その様子を好ましく見ながら、ルーセント王は玉座に座り直す。

「毎年恒例のことなので今年もこの園遊会を開いたが、特に新しい顔があるでもなく、形式だけの挨拶を延々と受けるのは疲れがたまる……その前にせめて息抜きをと出かけた先で、ヴィスタリア帝国の新皇帝と出会えたのは大きな収穫だった……帝国との交流はこの国にも新しい風を呼んでくれそうだ。楽しみで仕方がない……アルヴァスとは個人的に話して、その人となりがもうわかっていたので、改めて形式ばった場で会う必要はないと思い、面談の申し出は断ったのだが……従者たちには、苦労をかけてしまったかな?」

面談を断られたファビアンとシルビアの叫びがこの場所にまで届いていたのかと思い、ユーフィリアは申し訳ない思いになる。

「は、あの……」

大国の王を前にし、気後れしそうな思いはあったが、豪奢《ごうしゃ》な玉座に座してもあまり気取ったところのないルーセント国王の人柄に勇気づけられ、かすかに笑顔になることができた。

「はい……そうです」

「あとから俺が言っておきます」

国王の隣で楽しげなアルヴァスの姿を見ていると、ユーフィリアも心弾む思いだった。それに対し――。

足もとにうずくまった格好のまま、身動き一つしない兄が気になり、ユーフィリアは身体を引きながらも声をかける。

「あの……お兄様……」

返事はないかとも思ったが、呻くような声がかすかに上がった。

「その呼び方は改めろ。お前を妹と思ったことなど一度もないと言っただろう……」

「………!」

ユーフィリアは息を呑《の》んだが、想像していなかったほうから戒めの声がかかる。

「そういう言い方をするとユーフィリアが傷つく。わかっているくせに……やめろ」

押し殺したような声の中にも、凄《すご》みを利かせたアルヴァスに向かい、ラークフェルドが長く伏せていた顔を上げる。

「知ったようなことを言うな。お前こそ……ついこの間ユーフィリアの前に現れたばかりのくせに……それなのに……!」

こぶしを握りしめて地面を叩《たた》く兄に、ユーフィリアは一瞬、駆け寄りたい衝動に駆られた。

しかしそうしてはいけないということも、もうわかっている。

同じようにこぶしを握りしめて顔を上げると、こちらをまっすぐに見つめているアルヴァスと視線があう。ユーフィリアは彼の妻だ。その居場所をこれからも失いたくないと思うのならば、もう兄に駆け寄ってはいけない。兄はユーフィリアを妹とは思っていないと、何度も本音を吐露したのだから――。

「それで……ユーフィリア皇妃を、ヴィスタリア帝国の皇妃と正式に認める証書をということだったな……それは簡単なことだが、根本的な解決にはなっていないな……ラークフェルド王、あなたは本当に、彼女をジェラルド二世の娘ではないと思っているのか？」

ルーセント王に問いかけられ、ラークフェルドは気まずげに目を伏せた。

「それは……」

「まだ幼い頃に、ジェラルド二世に連れられて遊びに来た時のことを覚えている。妹思いの兄と、兄が大好きな妹で、仲のいい兄妹だと思っていたが……本当にそうではないと言い切ってしまうか？」

「……………」

無言になったラークフェルドに、ルーセント王は穏やかに語りかける。その姿は、ユーフィリアに父王を思い出させた。

（お父様……！）

生前、父とも懇意にしていたというルーセント王の言葉は、ユーフィリアの胸にも染みる。

「私の目から見れば、あなたよりもいっそユーフィリア皇妃のほうが、ジェラルド二世によく似ている……髪と目の色だろうか？　違うな……たとえ自分を害しようとした相手でも、許して気遣ってしまう心根の優しさだ」

「私は……！」

深く頭を下げたままのラークフェルドは、涙声だった。決して顔を上げまいという心構えには、幼い頃に憧れた兄の高潔さが垣間見え、ユーフィリアはやはりその隣に駆け寄りたくなる。

しかしその気持ちをこらえ、彼に語りかけるルーセント王の言葉に、耳を傾け続ける。

「己の願望を満たすため、妹ではないと言い張っているのなら、今すぐ改めたほうがいい。あなたの優しい妹は、きっと許してくれる……さあ」

謝罪を促すように差し伸べられたルーセント王の手を、ラークフェルドもためらいながら掴もうと手を伸ばした。しかし――。

「それでは私の本当の願いはずっと叶《かな》わない！　欲しいのは心優しい妹ではない！　ユーフィリアだ！」

魂をふり絞るような叫びと共に、ラークフェルドはその場に立ち上がり、ユーフィリアに向かって手を伸ばす。その手がユーフィリアの腕に届きかけ――しかし途中でたくましい腕に払い落とされ、届くことはなかった。

「ここをどこだと思っている！　お前はロズモンド王国を滅亡させたいのか！　それでも一国の王か！　だったらもっと国民に対して責任を持て！　己の責務をまっとうしろ！　身勝手な感情ばかりを優先させるな！」

地を揺るがすような厳しい声が次々と飛び、自分が叱責されているのでもないのに震え上がったユーフィリアは、声の主であるアルヴァスに夢中で縋《すが》りつく。

「あ……」

怯《おび》えるその姿を見て、我に返ったかのようにアルヴァスは瞳を瞬《まばた》いた。その手には、腰に佩《は》いていた剣が抜かれている。

他国の王の前で剣を抜くという行為がどれほど危険な意味をはらむのか、もともと騎士であり、その武勲で遠く国外にまで名を馳《は》せたアルヴァスが知らないはずはないのに、彼はあえてルーセント王の前で剣を抜いた。

それは我を忘れたラークフェルドが先に剣を抜いたからだ。ユーフィリアに向かって手を伸ばしたラークフェルドは、それを邪魔されないためにか同時に、逆の手で腰に佩いていた剣を抜いた。

無我夢中での行為だったのかもしれないが、結果、アルヴァスに、ひいてはその後ろに鎮座するルーセント王に剣を向けることとなり、アルヴァスが瞬時にルーセント王を背後に庇ったというのが実情だ。

二国の君主に剣を向け、窮地に立たされたのはラークフェルドだ。そのためアルヴァスが背後にルーセント王を庇《かば》う格好になり、ラークフェルドはルーセント王に向かって剣を抜いたと言われても、弁解が難しいような状況だ。

「あ……」

我に返り剣を取り落したラークフェルドを、ユーフィリアは気がつけば地面に額を擦りつけそうなほどの勢いで庇っていた。

「ルーセント国王陛下！　アルヴァス様！　どうか兄に寛大な処分を！」

国王はともかくアルヴァスに対しては、ラークフェルドは確かに悪意を持って剣を向けたのであり、今さら言い訳することもできない状況であることはわかっているが、それでも見殺しにはできなかった。

兄があれほど精神的に追い詰められてしまったのは、おそらくユーフィリアのせいだ。ユーフィリアがいなければこんなことにはならなかった。幼い頃から利発で聡明《そうめい》だったラークフェルドは、父王に勝るとも劣らない賢君になっていたはずで、たとえそこにユーフィリアがいなくても、ロズモンド王国が変わりなく栄えていくのならば、いっそそうであったほうがよかったのにと思える。

「私のせいなのです！　私が……！」

具体的に何かをしたわけでも、不利益を与えたわけでもないが、自分の存在自体が兄にとっ

ては害であったということが、今ではユーフィリアにもはっきりとわかる。

何度も頭を下げるユーフィリアを、アルヴァスが腕を掴んでその場に引き立たせた。

「もういいから……あなたの祖国はこんなことでなくなったりなどしない……ですよね？」

語尾を強くし、働きかけるような意味あいを濃くしながら、同意を求めるように視線を向けてきたアルヴァスに、ルーセント王は含みのある言い方をする。

「そうだな……だが……」

「だが……？」

震えるユーフィリアに、次には厳しい現実をつきつけた。

「ラークフェルド王は、とても一国を統べることができるような精神状態ではないようだ……大陸全体の平和維持に努めている立場から言えば、次の王に位を譲るか、ゆっくりと療養するかをぜひ勧めたい……だが彼はまだ独身だったな、難しい……」

腕組みをしながら何かを考えているふうだったルーセント王は、しばらくして、ふといいことを思いついたとばかりにユーフィリアに視線を向けた。

「そうだな……うん。それではユーフィリア皇妃……しばらくの間あなたが、ロズモンド王国の代表を兼ねるというのはどうだろう？」

「え……私？　……ですか？」

それは思ってもいなかった提案で、ユーフィリアはうろたえずにはいられない。まるでそれがわかっていたかのように、ルーセント王は人好きのする顔で笑った。

「大丈夫、ラークフェルド王が落ち着きを取り戻すまでしばらくの間だけだ……国内には私が親書を書こう。それで誰も文句は言えまい……困ったことがあったら、なんでも私に言えばいい。どんなことでも相談に乗る。それにあなたには、たとえ何があっても、絶対に危機から救ってくれる頼もしい夫がいる。いや……今の反応の早さは実に見事だった……ぜひ我が国の騎士たちに見習わせたいほどだ……」

突発的に剣を抜いたラークフェルドに、瞬時に対応した素早い動きのことを言われているのだと知り、アルヴァスは決まり悪そうに頬をかいている。

「訓練でどうにかなるものだとも思わないが……」

「そうなのだろうな」

警備の騎士たちに両脇を支えられて、隔離のために王宮の中へ連れられていくラークフェルドを見送り、アルヴァスはすっと表情を厳しくした。

「しかし……まさかああいうふうに煽《あお》ればあいつが剣を抜くと見こんで、わざと言ったわけでは……ないですよね？」

相手の心の奥底を確かめようとするかのような目で見つめられ、ユーフィリアならばすっかり身体が竦《すく》み、どんな質問にもつい頷いてしまいそうだが、さすがに大陸一の大国の王は違う。

「もちろんだ。そんなことは狙ってできることではない」

笑顔で答えられ、アルヴァスの瞳の光はますます鋭くなった。

「そうですか……」

彼がルーセント王の言葉を信じていないふうなのは、ユーフィリアの目から見ても明らかであるのに、王本人は気にならないのだろうか。どれほど鋭い眼差しを受けながらも崩れることはないような笑顔で、アルヴァスをまっすぐに見つめ返す。

「いろいろあったが……とにかく今後、ユグンドラ王国はヴィスタリア帝国と友好な関係を築く……それでいいのだな？」

「もちろんです」

頷《うなず》きながらもその眼差しを緩めることは決してしなかったアルヴァスは、王の前を辞してから、己に言い聞かせるかのように決意を口にした。

「さすが大陸一の大国の王……どこからが計算だったのかまったくわからない……だが俺も負けるわけにはいかない。気を引き締めて、帝国にとって不利益なことがないよう、注意して対応しなければ……しばらくはユグンドラ王国の剣として働くことに文句はない。しかし俺は、ヴィスタリア帝国をそれだけで終わらせるつもりはない。いつかこの国をも凌《しの》ぐ大国にしてみせる！」

「……はい」

その思いを、自らも共に目指すものとして受け止めたユーフィリアは、アルヴァスの隣で胸を張って生きていく未来をようやく手に入れられたことに、深い安堵を覚えていた。

「それでは本当に……ユグンドラ国王がユーフィリア姫を皇妃と認める証書をしたためてくれたのか？　親交のあるロズモンド王国国王の反対を退け、お前の願いのほうを汲《く》んで？」

驚いたように確認をくり返すファビアンを待つことなく、足早に歩き続けながらアルヴァスは頷《うなず》く。

「まあな……」

「信じられない！　いったいどんな手を使った？　まさか我が国にとって不利益になるような条件は呑んでいないだろうな！」

懸命に追いすがるファビアンを気遣うこともなく、歩く速度を上げながら、アルヴァスは淡々と語る。

「そんなことはしていない。ただ、これから毎月ここに顔を出すように言われたのと、ルーセント王が他国へ出向くときには同行するように言われただけだ……あ、あとユグンドラ王国と友好関係にある国は全部、ヴィスタリア帝国とも友好関係を結ぶので、交易や通行に関して今後はいっさい気にしなくていいとも言われたな……」

「は？　それじゃ大陸中を自由に行き来できるようなものじゃないか！　それに……王に同

行？　貴様！　もっとも信頼する騎士にでもなったのか！」

「まあ、そういうところだ」

「な……！」

驚きのあまり足を止めてしまったファビアンを置き去りに、アルヴァスはなおも歩き続ける。

これから王国に滞在する時には使うようにと、新たに与えられた客間の前にたどり着き、扉に手をかけながら、廊下の真ん中で立ち止まったままのファビアンをふり返った。

「心配しなくても、わが帝国が王国の属国になったわけじゃない。あくまでも個人的に、俺がルーセント王の護衛を引き受けただけだ。それもごく時々な……帝国としては、この国と協定を結ぶことでその権限を同じように使えるのなら、それを存分に利用しない手はない。そのほうが得だ……今はな」

そこで声音を低くし、赤みの濃い濃茶の瞳が不穏に煌《きら》めく。

「それに……寝首を掻《か》くにはなるべくその近くにいるのが楽だからな……まあ温厚なように見えて、そう簡単にやらせてくれる王とも思えないが……」

「そんなことを大声でこの場で言うな！」

髪をふり乱して怒りながらも周囲を警戒するファビアンを笑い、アルヴァスは両手で扉を開けた。

「あ……」

シルビアと共に先にその部屋へ行っていたユーフィリアが、弾《はじ》かれたように顔を上げる。その宝石のような瞳には、涙が浮かんでいるように見え、アルヴァスの胸は痛んだ。

「それでは私は行きますね」

入れ替わりに部屋を出ていくシルビアが、厳しい眼差しを向けてくる。それは本来の目的は無事果たしたものの、ユーフィリアが深く傷ついていることへの抗議なのだろうが、誰に言われなくともアルヴァス自身が一番よくわかっている。

（くそっ）

触れれば折れてしまいそうな雰囲気を醸し出しているユーフィリアの前へ進んだ。

園遊会の場からシルビアと共に退き、宮殿の侍女に案内されたこの部屋へ入っても、ユーフィリアはまだ気持ちの整理がつかなかった。

（私がお兄様の代わりに、ロズモンド王国の代表を務める……）

それは二年前に王女の地位を奪われてから、日陰者として生きてきたユーフィリアにとって、とても信じられないようなことだった。

ルーセント王とアルヴァスの助けがあるとはいえ、自分に本当に務まるのだろうかという不安が大きい。それにも増して、兄は大丈夫なのだろうかと心配する思いがある。

ルーセント王とアルヴァスが手を結んだところを目の当たりにし、ユーフィリアへの歪《ゆが》んだ愛情も否定されたラークフェルドは、呆然《ぼうぜん》自失のまま面談の場から連れ出された。

しばらく国政からは遠ざけ、その間はユーフィリアを名代に廷臣たちが政治をおこなうようにと、ルーセント王がロズモンド王国に細かく指示を出してくれたようだが、決していい顔をしないだろうイヴォンヌ王太后のことを含め、不安は残る。

「姫様……大丈夫ですか？」

「大丈夫よ……ちょっと疲れただけから……」

気遣ってくれるシルビアに詳しい話はしておらず、力ない笑顔で取り繕っていると、廊下へと続く扉が開いた。

「あ……」

姿を現したアルヴァスに、駆け寄って縋《すが》りつきたい衝動に駆られる。その気持ちを察してくれたのか、シルビアが席を立って、部屋から出ていった。

「無理はなさらないでくださいね」

最後に背中を撫《な》でながらかけられた言葉に、ユーフィリアは胸を熱くしながら頷く。

「ええ」

入れ替わりに隣へやってきたアルヴァスが、ユーフィリアの座る長椅子に一緒に腰を下ろした。

言葉もなく重ねられる唇を受け止めると、そっと胸に抱きしめられる。安堵の思いでその胸に縋りながら、ユーフィリアはほっと息を吐いた。

「泣いていたのか？」

耳に直接響くように、ぴたりと寄り添った身体から声が聞こえてくるので、たくましい胸に頬をつけたままユーフィリアは静かに首を横に振る。

「いいえ……」

実際、涙を零《こぼ》してはいなかった。そうなってしまいそうな不安と、兄へのやりきれない思いはあったが、アルヴァスの妻であることを、このユグンドラ王国の王からも正式に証明してもらえたことは、大きな喜びでもあった。

それを一番の目標としてこの園遊会に参加したと語っていたアルヴァスにとっても、計画は成功したことになるので、これは喜ばしいことなのだと自分に言い聞かせる。個人的な感情で涙を零している時ではない。それなのに――。

「泣いてもいいぞ」

優しい声音で語りかけられ、抱きしめた腕の力を強めながらそっと頭を撫でられるので、つい泣き伏してしまいそうになる。

それをこらえるため――抱えきれないほどの感謝の気持ちを表すため、ユーフィリアはアルヴァスの腕の中で顔を上げて、その唇に自らの唇を重ねた。

「ユーフィリア……」

熱い息を吐いたアルヴァスに頭の後ろを支えられ、その主導権はすぐに奪われてしまったが、今は他の何かを考える余裕さえなくなるほどに、彼の腕の中にいる実感を強くしていたかった。

これからのことに対する不安も、これまで思ってもいなかった感情を兄に突然向けられた戸惑いも、アルヴァスの腕に抱きしめられている間は忘れられる。

その首に縋ろうと腕を伸ばした時、レース飾りのついた大きな袖がめくれ、白い腕があらわになった。

「あ……」

そこにはっきりと残る、兄の手の跡を見て、ユーフィリアは慌てて腕を引こうとする。

「や……」

しかしアルヴァスが見逃してくれなかった。やんわりとその腕を掴み、じっと手の跡を見つめる。

「繊細な肌になんてことを……」

そっと唇を寄せられ、ユーフィリアはびくりと身体を揺らした。

「あ……っ」

まるで口づけることでその跡をユーフィリアの腕から消そうとでもするかのように、アルヴァスは丹念にその場所に唇を這《は》わせていく。

行為自体は申し訳なくも嬉しいことのはずなのに、腕に伏せられた横顔があまりに美しいのと、肌に感じる感触が全身に愛撫《あいぶ》を施されている時のそれによく似ており、ユーフィリアの胸の音は大きくなる。

（だめよ……）

その行為に淫らな気持ちを呼び起こされるなど、恥ずかしいことだと思うのに、身体は次第に熱くなっていく。

それを見透かしたかのように、アルヴァスが強く抱きしめてきた。腕から首筋へと移動した唇が、赤い跡を残してしまうほどに、白い肌をきつく吸い上げる。

「あっ……」

ユーフィリアの甘い声に誘われるように、ドレスの胸もとが大きく乱された。半ばのぞいた胸の膨らみにも、跡を残すような口づけが次々と落とされていく。

「アルヴァス様……ぁ……」

いったいどうして急に、彼がそういう行動に及び始めたのかはわからない。しかしまるで所有の印を刻むかのように、その口づけは胸の谷間の深い部分にまで下りていった。

「あっ……あ……」

大きく引き下ろされたドレスの胸もとから、豊かな胸の膨らみが完全に零《こぼ》れ落《お》ち、その先端を迷うことなく吸い上げられ、ユーフィリアは大きく背をしならせる。

「ああっ……ん」

ふるふると揺れる胸の膨らみに交互に唇を寄せながら、アルヴァスの手はドレスの裾を捲《めく》り上《あ》げ、ほっそりとしたユーフィリアの脚を撫《な》で上《あ》げた。

「兄でありながら、この肌に触れたいという願望をずっと抱いていたのなら、取り返しがつかないことになる前に助け出せてよかった……奪い去れて、本当によかった……」

「やっ……あ……」

甘い刺激に心と身体を乱されながら、兄の話をされるのはいやだと、ユーフィリアが必死に首を振ると、押さえつけるようにして唇を重ねられる。

「いや、違うな……そんな綺麗な感情じゃない……あなたが他の男のものになる前に、自分のものにできたことを心底嬉しく思っている……俺がもし逆の立場だったら……あいつだったらと思うと気が狂いそうだ……」

早急に脚を上がってきた手に強引に脚の間に割り入られ、熱くなっている部分を探られて、ユーフィリアはしどけない声を漏らした。

「あ、あっ……アルヴァス様……」

「なんだ？」

自分を翻弄している相手の名前をもっと呼ばせようとするかのように、アルヴァスは何度も唇を重ねながらユーフィリアのその部分を撫でるように触ってくる。

次第に身体の奥から熱い蜜が溢《あふ》れてくるのを感じ、ユーフィリアは恥ずかしさに腰を揺らしながら、肩で大きく息を継いだ。

「やっ、だめ……あ……だめです……あぁ、っ……」

下半身からむしり取るようにドロワーズを脱がせたアルヴァスが、ユーフィリアを長椅子に寝かせ大きく脚を開かせる。

「誰にも触らせない、見せたくもない……あなたは俺のものだ、ユーフィリア……俺だけのものだ」

言葉を行為で示すかのように、大きくそそり立ったアルヴァスのものに、ユーフィリアは身体の中心を深々と刺し貫かれていった。

「あああっ……あぁ……っ」

すでにたっぷりと潤っていたユーフィリアの胎内は、それを嬉しそうに締めつけ、さらに奥へと誘うように躊躇《ちゅうちょ》なく呑みこんでいく。

奥まで深く穿《うが》つような動きを何度かくり返され、強い独占欲を示すかのようなその抽挿に、華奢《きゃしゃ》な身体をがくがくと揺さぶられながら、ユーフィリアは甘い声を上げた。

「あっ……ああんっ……アルヴァス様ぁ……」

声に誘われるように、アルヴァスの動きはさらに大きく、激しくなる。

もともと、身体を繋《つな》ぐと理性が飛ぶらしく、手加減ができなかったことをあとになって謝られることが多いが、どうやらことに及ぶとその後悔は毎回吹き飛んでしまうらしい。

特に今日は、ラークフェルドがユーフィリアに示した想《おも》いに思うところがあったのか、普段よりもその動きが激しい。

「あっ、ああっ……や、ああっ……」

太く硬いもので容赦なく最奥を突きあげられ、ユーフィリアはあられもない声を上げて、身体を震わせた。

「あんっ、あっ……あ！　ああっ……！」

鼻にかかった声を上げて、助けを求めるように手を差し伸べても、その腕をアルヴァスの首にまわされ、長椅子の座面から腰が浮くような体勢を取らされる。

「あっ、やあっ、あああっ！」

彼のものが当たる場所が変わり、ますます身体の奥深くにそれを受け入れさせられながら、ユーフィリアはこらえきれずに快感の波に攫《さら》われた。

「あああ――っ！　あっ……あ……はぁ……っ」

びくんびくんと身体を大きく揺らし、ユーフィリアが極めてしまったことはアルヴァスにも伝わっているはずなのに、激しく求めるような抽挿を緩めてもらえない。

「やっ、あっ……やああっ……」

快感に震える襞を容赦なく擦りたてられ、たった今押し上げられたばかりの頂上へ、強引にまた昇らせようとされる。

「いや、やっ……あああんっ！」

大きく背をしならせ、ユーフィリアは高い嬌声《きょうせい》を上げた。

どくどくと収縮を続けていた蜜壺が、再び激しく痙攣《けいれん》し、奥からどっと蜜を溢れさせる。

大きな伸縮をくり返す胎内を奥へと進むのは、アルヴァスにとっても困難なことのように思われるのに、こじ開けるように強引に力でねじ込まれる。

「あああっん！　や……いやぁ……あんっ」

快感に震える場所をさらにぐちゃぐちゃにかき混ぜられ、ユーフィリアは頭がどうにかなってしまいそうだった。

どろどろに蕩《とろ》けてしまっているその場所を、さらに蕩けさせようとでもするかのように、アルヴァスはしつこく穿つ。

「あっ、あんっ……やあ、あ……あっ！」

深く貫かれるたびに、のけ反った喉から押し出されるように甘い声を上げるユーフィリアを、腕に力をこめて抱きしめ直し、彼は長椅子の座面から抱き上げた。

「あっ……ああっ？」

これまでもほぼ身体が浮いているような状態だったが、さらに身体を起こされたユーフィリアは、アルヴァスの上に跨《またが》るような格好にさせられる。

しっかりと抱きしめられているので、剥《む》き出《だ》しにされた胸の膨らみを彼の服の前面に押しつける状態になり、そのままいっそう身体の奥を突かれ、深い口づけを求められた。

「ユーフィリア……俺の……ものだ……」

所有権を主張するように、深く絡めた舌を吸い上げられ、身体の奥を貫かれ、胸の膨らみを鷲掴まれる。その刺激の全てに、ユーフィリアは懸命に応えようとする。

「は、い……はいっ、う……んっ……アルヴァス様……ぁ」

全てを彼に支配され、自分がいったいどれほど淫らな姿態を晒《さら》してしまっているのかはわからない。この日のためにと準備されたドレスを大きく乱しながら、大礼服のアルヴァスの上で激しく身体を上下させられる。

「あっ、あっ……ああ……っん」

重なる快感に麻痺《まひ》してしまったのか、そうと気づかないうちに、眦《まなじり》からは涙がこぼれ落ちていた。

その涙に唇を寄せながら、アルヴァスが大きく息を吐き、囁《ささや》く。

「誰にも渡さない」

言葉と共に大きな手がユーフィリアの細い腰を両側から掴み、彼の上に深く沈めさせた。

「あああっ！」

同時にアルヴァスも下から腰を突き上げ、これ以上ないほど深く彼のものを受け入れさせられた状態で、ユーフィリアはそれが大きく膨らむのを感じる。

「あああっん！　あ、あぁ……っ！」

刺激に耐えきれずユーフィリアの最奥がぎゅっと窄《すぼ》まるのと同時に、熱い奔流が胎内に放たれたのがわかった。

「あっ……あ、ぁ……っ」

全身から力が抜け、アルヴァスにしなだれかかったユーフィリアは、しっかりとたくましい胸に抱き止められたが、その間も、身体の奥に欲望が注がれる行為は終わらない。

びくびくと快感に震える襞の隙間まで全て浸食するかのように、熱い体液で胎内を充《み》たされていく感覚は、それだけでまた極めてしまいそうになるほど、刺激的だった。

「んっ……んんっ」

胸に顔を埋めるようにして抱きついたユーフィリアに、アルヴァスが唇を寄せてくる。

頬や目や唇に次々と口づけを施され、ユーフィリアは胸に熱いものがこみ上げてきそうになる。

「泣くな」

かすかに湧いた涙に先に唇をつけたアルヴァスが、優しい声で囁きかけてきた。

「今泣かれると、俺とこうするのが嫌なのかと、このまま続けられなくなる……泣くなら終わったあとにしてくれ」

「あ………」

それでは彼はまだ続けるつもりなのかと、息を呑むような思いはあったが、拗《す》ねたような口調が珍しかったので、ユーフィリアは思わず顔を上げた。

覆《おお》い被《かぶ》さるように、唇が重なってくる。

「何度も……何度だって俺のものにしたい……あなたの心も身体も全て俺のものだと……会う者みんなに言ってやりたい……」

「私は……アルヴァス様のものです……」

自分からも唇を重ねてから、ユーフィリアは恥ずかしさに頬を染めて俯いた。身体の中にまだアルヴァスを受け入れた状態で、その想いを言葉にすることは妙に生々しい。ユーフィリアの言葉で、胎内の彼のものがまた強度を取り戻したように感じるからなおさらだ。

「他の者に言う必要はありません……私はちゃんとわかっています……そして、何があっても変わりません……ずっと、ずっと……あなたのものです……」

言葉のとおりに身体が動き、奥まで深く埋めこまれたままのアルヴァスのものを、自分の胎内が何度も締めつけている自覚はユーフィリアにはなかった。

「ユーフィリア……」

しかし深く息を吐いたアルヴァスが緩く腰を使い始めたのに応じるように、自然と腰が動いてしまったことには、はっと気がつく。

「あ……」

慌てて止めたが、アルヴァスには続けるように促された。

「いいからそのまま続けるんだ……俺ばかりががつがつ求めるんじゃなく、あなたも求めてくれているのかと思うと嬉しい……」

「でも……」

アルヴァスの上に跨り、腰を揺らすなど、考えただけで顔から火が出てしまいそうで、ユーフィリアはとてもできない。

ためらう腰をもどかしげに掴まれ、大きく回すように動かされた。

「いいから、こう……」

「あっ！　あんっ！」

それはユーフィリアが自発的にやったかすかな動きに比べ、とてもはっきりとした艶《なま》めかしい動きだったのだが、そのまま自分で続けるようにと手を離される。

「本当に俺のものだと言うのなら……俺とこうすることが嫌でないのなら……どうか、そのまま……」

「そんな……あっん！」

恥ずかしいと首を振るユーフィリアの胸の先を、アルヴァスは強く吸い上げてくる。

「やっ！　ああっ……！」

思わず身体を離そうとすると、片手で背中を受け止められ、もう一度アルヴァスの上に腰を沈めさせられた。

「あっ、いや……」

結合が深くなり、ますます彼の上に乗りかかるような格好になったことが恥ずかしい。しっかりと目線があっているような状態なのに、そのまま腰を強引にまわさせられる。

「俺のことが好きだというのなら、このまま……」

「そんな……」

どれほど懇願しても、強い意志を宿したような瞳は決して容赦してくれそうにないことを察し、ユーフィリアは仕方なく、ゆっくりと自分で腰を動かし始めた。

「や……あ……」

何度も快感を刻まれ、すっかり敏感になった胎内を、完全に強度を取り戻したアルヴァスのもので大きくかき混ぜられる。

「あ、ぁ……」

直接擦られる蜜壺ばかりか、胸の先端を固く尖《とが》らせ、肌を粟立《あわだ》たせてしまうその刺激は、アルヴァスが強引に与えてくるのではなく、ユーフィリア自身が作りだしているのだ。

長椅子に深くもたれたアルヴァスは、まったく動いていない。その上に大きく脚を広げて跨り、胎内に受け入れた彼のものに濡《ぬ》れた襞を擦りつけるように、腰をまわしているのは自分だと思うと、それだけでユーフィリアの身体の奥からはまた新しい蜜が湧いてくる。

「あっ、あんっ……いやぁ……」

ぐちゅぐちゅと結合部から響く淫猥《いんわい》な水音に、鼓膜まで犯されるかのようだった。

長い髪を揺らして、華奢な身体が懸命に動くのを、しばらくじっとただ見ているだけだったアルヴァスが、こらえきれなくなったかのようにユーフィリアの腰を掴む。

「あ……」

恥ずかしさに伏せていた顔をユーフィリアが上げた瞬間、下から突き上げるように大きく腰を動かされた。

「あああああっ！」

拙い動きで自らが生み出していたのとは比べものにならないほど大きなその刺激に、ユーフィリアが悲鳴を上げて胸に倒れこんでくると、その身体をもう一度起こさせ、アルヴァスは抽挿を始める。

「そのまま……あなたも動いて……」

「できな……あ、ああっ！」

「できる」

ユーフィリアは力なく首を振るのに、容赦なく身体を揺すられ、その刺激に耐えながら、自らも動くことを強要される。

「こうやって……さあ……」

奥を突かれながら腰を回され、激しすぎるその刺激に意識が飛びそうになるのを感じながら、ユーフィリアは夢中でアルヴァスの言うように動き始めた。

「あっ、あ……いや、私……」

「そうだ……いいぞ……」

アルヴァスの声が、まるでどこか遠い場所から聞こえてくるかのように感じる。

「すごく淫らだ、ユーフィリア……もっと動いて……そう、俺に絡みついてくる……っ」

「あっ、ああっ、やあ……っ、こんな……ぁ」

しかし胎内に彼のものを取り入れている感覚だけは確かで、それをもっとよく確かめようとするかのように、ユーフィリアの腰は褒められる言葉のままに動いてしまう。

「ああっ！　いやあああ……んっ！」

もう胎内の感覚がないような状態で、それでも強大な快感に今にも呑《の》みこまれてしまいそうな気配だけは確かだった。

「くっ……ユーフィリア……」

「あっ、はあっ……あっ、あっ、あんっ！」

ユーフィリアの動きに対抗してか、力強さを増したアルヴァスに、ずんずんと激しく膣奥を突き上げられる。

この刺激に押し上げられるまま頂にたどり着いてしまえば、終わりがないかのようなこの行為にも安息の時間が与えられることを、ユーフィリアはすでに知っていた。そこへ向かって疾走するかのように、羞恥心を置き去りにした身体が激しく揺れる。

「っ……ユーフィリア！」

「あ、あああっ！　アルヴァス様ぁ……っ」

アルヴァスに強く抱きしめられ、身体の奥で彼のものがまた大きく膨らむ感覚があった。そこから白濁が迸《ほとばし》る刺激と共に、また高みに押し上げられる瞬間を想像して、身体が大きく震える。心音があり得ないくらい早くなる。

「あっ、ああ――――っ！」

長い嬌声を発し、アルヴァスの腕の中で全身をこわばらせたユーフィリアは、膣奥に射精される感覚をまざまざと感じながら、意識を手放していった。

「…………ぁ……」

強い疲労感を覚えながらも、激しく求められ自分からも求める行為は、確かにアルヴァスの言うとおり、彼に愛され自分も愛しているという感覚を、より強固に感じさせた。

「それで……？　まだ他にも何か申し開きしたいことがありますか？」

「いや、ない……です」

普段よりもさらに怒りをあらわにしたシルビアの声に、アルヴァスが殊勝に答えている声が聞こえてくる。

普段ならば誰に何を言われても、大きく構えているアルヴァスが、こういう答え方をするのは、決まってユーフィリアに関して負い目がある時だ。

「他国に来てまでこんなに無理をさせて……！　何があったのかはまだ詳しくお聞きしていませんが、かなり心情的に辛いことがあられたようなのに、そこに追い打ちをかけるように肉体的にも無理を……！」

「だからそれは……悪かったと思っている……」

「反省しても、同じ過ちをまたくり返すのなら進歩なしです！　何も進歩しない愚か者です！」

「愚か者って……」

何を言われても言い返すことができず、追いこまれていくアルヴァスが気の毒に思える。自分が助け舟を出さなければと思うのに、ユーフィリアは瞼《まぶた》を開くことができない。もどかしく思っていると、シルビアが息を吐く音が聞こえた。

「まあ、束《つか》の間《ま》だけでも辛いことを忘れさせてさしあげようとした心情は、わからなくもないですが……」

思ってもいなかった言葉に、驚いたのはユーフィリアだけではなかったようで、アルヴァスとほぼ同時にファビアンの声も聞こえてくる。

「シルビア？　いったい……」

はっとしたように、シルビアが弁解する声が続いた。

「いえ！　思いを通わせあった相手には、そういう気持ちが働くこともあると察しただけです。そう……あくまでも一般論として！」

「一般論……」

そうは言いながらも、どこか普段と違うシルビアの声に、鋭くファビアンが問いかける。

「まさかお前……そういう相手ができたのか？」

一般論という言い訳はまったく無視して、核心に切りこんでいく問いかけから、シルビアが必死に逃げる。

「違います！　あの方はそういうのではなくて……偶然、話があっただけで……あ！」

「シルビア！」

その場を逃げ出していったふうのシルビアを、普段とは逆にファビアンが追いかけていったようなのが面白かったらしく、アルヴァスはしきりに呟いている。

「なんだ……シルビアのやつ、このままファビアンにべったりなのかと思ってたら、いつの間にかちゃっかり恋人ができてたのか……兄のほうはちゃんと妹離れできるのか？　たいへんだな……」

茶化しながらも、真剣に心配しているふうの声音が面白く、ユーフィリアは思わず笑みを漏らした。

「起きたのか？」

肌によく馴染《なじ》んだアルヴァスの手が、労わるように頭を撫でてくれる。その手に自分から頬を押し当てて、ユーフィリアはゆっくりと瞼を開いた。

「はい……」

目に涙がたまっていたらしく、瞳を開いたのにアルヴァスの顔がはっきりとは見えない。その涙を指で拭ってくれた手が、ユーフィリアの顎まで下り、すくうようにかすかに顔を上向けさせた。

「大丈夫……とても長い、長い時間がかかるかもしれないが……あなたもいつか、ああいう関係を取り戻せる。俺が必ずそうさせてみせる」

重なる唇と共に発された言葉は、ユーフィリアの心に深く染みた。

「あ……」

そういう願望を口に出したことはないのに、シルビアたちの兄妹をいつもうらやましく思っていた感情は、アルヴァスに知られてしまっていたのだろうか。

今はまだ永遠に失ってしまったかのように感じる兄との絆《きずな》を、取り戻せる時が来るとはユーフィリアには到底思えないのだが、アルヴァスがそう言うと現実になるような気がする。

強い意志と確かな力で、どんなに困難なことでも実現してしまいそうな頼もしさが、彼には確かにある。

「はい……ありがとうございます」

その彼に深い愛情を向けてもらえることに感謝を覚え、ユーフィリアは笑顔になった。その頬を両手で包みこむようにしながら、アルヴァスがまた唇を重ねてくる。

「あなたのためならば、俺は何でもできる……身体の奥から力が湧いてくるように感じるんだ……誰からも、何からも……俺が必ず守ってみせる」

「……はい」

初めてその腕に抱かれた夜に、同じように誓ってくれた言葉を、アルヴァスは本当に現実のものとしてしまった。

『問題は必ず解決してみせる』

その言葉のままに、ユーフィリアの難しい立場をなんとかしようとすぐに行動を起こし、実際に実現してしまったことを思えば、その言葉を疑う気持ちはユーフィリアには欠片《かけら》もない。

「私も……アルヴァス様の支えになれるように、できることをがんばります」

「ああ、こうして腕の中にいるだけで力がみなぎるのだから、あなたはずっと俺の傍にいてくれればそれでいい。その笑顔を向けてくれるだけで……」

「はい……」

笑うことなど自分にはもうないのかもしれないと、諦めて暮らしていたあの暗い塔から連れ出し、明るい日の光の下に導いてくれた人——彼の傍にいるからこそ、ユーフィリアも笑顔になれる。

お互いに幸せを与えあえる関係に感謝し、ユーフィリアはアルヴァスの腕の中で目を閉じた。次に目を開いても、またその次も——すぐ傍で慈しむように彼が見つめてくれているだろうことが、嬉しかった。

あとがき

はじめましての方も、またお会いしましたねの方もこんにちは。芹名りせです。「日陰者の王女ですが皇帝陛下に略奪溺愛されてます」を手にしていただき、ありがとうございます！

蜜猫文庫様では初めてお世話になりましたが、「乙女のための絶対的エロティックラブ！」というレーベルコンセプトのもと、強面だけど優しい皇帝陛下と不幸な境遇の中でもねじ曲がったりしない心根の綺麗な王女様の純愛物語を、書ききらせていただきました。読んでくださった皆様に、楽しんでいただけますと幸いです！

今回、イラストは坂本あきら先生にお願いするということで、ヒーローは（私の中で）ワイルド系一択でした。たいへんお忙しい中、イメージどおりの二人を描いていただきまして大感謝です！　また、担当様はじめ、この本ができあがるまでにご尽力くださった全ての皆様に、この場を借りまして厚く御礼申し上げます。本当にありがとうございました。

そしてこの本を手に取ってくださったあなたに最大級の感謝を――ありがとうございます。

またどこかでお目にかかりました時にはどうぞご贔屓に！

芹名りせ

蜜猫 Mitsuneko Label

蜜猫文庫をお買い上げいただきありがとうございます。
この作品を読んでのご意見・ご感想をお聞かせください。
あて先は下記の通りです。

〒102-0072　東京都千代田区飯田橋 2-7-3
（株）竹書房　蜜猫文庫編集部
芹名りせ先生 / 坂本あきら先生

日陰者の王女ですが皇帝陛下に略奪溺愛されてます

2016 年 12 月 29 日　初版第 1 刷発行
著　者　芹名りせ　
発行者　後藤明信
発行所　株式会社竹書房
〒102-0072 東京都千代田区飯田橋 2-7-3
電話　03（3264）1576（代表）
03（3234）6245（編集部）
デザイン　antenna
印刷所　中央精版印刷株式会社

Printed in JAPAN
ISBN978-4-8019-0950-2　C0193

麻生ミカリ
Illustration DUO BRAND.
国王陛下の溺愛王妃
初夜から始まる
純愛指南！